思想觀念的帶動者

文化現象的觀察者

本土經驗的整理者

生命故事的關懷者

心靈工坊 |PsyGarden|

Holistic

探索身體，追求智性，呼喊靈性
攀向更高遠的意義與價值
是幸福，是恩典，更是內在心靈的基本需求
企求穿越回歸眞我的旅程

療癒寫作：啟動靈性的書寫祕密

The True Secret of Writing:

Connecting Life with Language

作者—娜妲莉・高柏（Natalie Goldberg）
譯者—丁凡

contents
目錄

第二部分

「真正的祕密」避靜寫作營的要點

第三部分

細節

contents

目錄

〔推薦序二〕直心的修鍊

詹美涓

作家，書寫工作坊教師，現為蘇黎世榮格學院分析師候選人

這本書是娜妲莉・高柏（Natalie Goldberg）最新的一本書，延續她對禪修、跑步、文學與書寫練習的信仰，這本書的主軸在介紹她如何在帶領禁語書寫避靜課程中更加整合與自覺地貫徹她的信仰。教學四十多年的娜坦莉，第一本書《心靈寫作：創造你的異想世界》從一九八六年出版至今仍然長銷熱賣影響深遠，她所倡導的書寫練習，也成為廣為引用的寫作技法。儘管娜妲莉説書寫練習不涉及信仰，但在我看來，對娜妲莉而言，書寫練習本身就是一種信仰，它涉及一種生活態度與方式，一種直心的修練，藉著書寫，藉著覺察的喚醒，藉著與生活的聯結，最終達到利人利己的目標。

她的寫作風格也反映了她對書寫練習與生命的相信——從裡而外如實的鋪陳。隨筆式的行文，混合了許多她在聖塔菲與道斯鎮生活、教學的細節與反思。讀她的書，你會感覺像是坐在她的課堂，聽她信手拈來一節生活插曲，一個即興想到的例子，一則公案，用來反覆解説書寫練習的細節，你被那些生命故事帶到課堂外，再繞回她對寫作心法的諄

諄教誨，甚至你會忍不住拿起筆來開始做她給的作業與練習。

娜妲莉在一九九〇年出版的《狂野寫作：進入書寫的心靈荒原》裡，說自己在成為禪師與文學作家之間選擇了後者。十多年後的這本近作裡，我們可以看到娜妲莉從詩與小說寫作者的「位移」。她說來參加書寫避靜的學員往往渴望的不止是寫作，而是透過書寫找到與生命經驗更深刻的連結。書寫成為通向內在存有的工具，文學的閱讀親近則是為了增加意識與經驗的廣度。她認為書寫練習不止是為渴望寫作者打樁的基本功，同時也可以是忙碌的現代人可以隨時靜心療癒的方便法門。

在一次對心理治療師的演講中，娜妲莉說自己曾經用七年的時間，一星期兩次跟心理治療師面對面工作，因為她內心深處有一塊即使多年禪修與書寫也無穿透的岩塊，她認為那是她此生最深刻的禪修。如此深刻的生命經驗必定也影響了她自稱的「素人禪」，她認為自己站在禪宗的肩膀上，既受到禪宗的教導，也用自己獨特的方式展現自由與理解。

娜妲莉認為像禪修一樣有紀律的書寫練習不止是為私己，而是一件淑世的行動，因為你書寫了，你進入了內在的寧靜之鄉，定境安住的所在，你就利益了眾生，讓眾生與那個自性有了連結。這令我想到榮格在提到心理治療時說過的祈雨者的故事：有個地方久旱不雨，於是從遠方請來一位祈雨師，祈雨師來了之後，要求村民幫他在村外蓋一幢茅草屋，給他送七天飲水與食物，讓他獨自待在茅屋裡，到了第七天，甘霖如奇蹟般降下。村民們問這祈雨者到底做了什麼?他說，我剛來的時候，你們村子亂作一團，所以天也不下雨，等到你們每天為我送飯並恢復有規律的生活後，老天自然就下雨了。

如果你要問：繆思女神通過娜妲莉的手到底透露了什麼樣書寫的祕密?我猜娜妲莉會舉著手中的叉子說：閉嘴，開始寫。

〔推薦序二〕所有的書寫，都通向療癒

莊慧秋
文字工作者、心靈書寫課程講師

自從知道娜妲莉又有新書出版，我就開始滿心期待。

市面上關於寫作的書籍並不少，但是，娜塔莉的書卻總是別樹一格。她的第一本成名作《心靈寫作：創造你的異想世界》，提出「十分鐘限時書寫」的工作方法，簡直是神人級的創舉。

任何人，只要識字，都可以提筆寫作。只要十分鐘，不要停筆，不要修改，讓手中的筆在紙上盡情奔跑，放掉控制的欲望，脫下完美主義的包袱，就可以享受到自由書寫的樂趣。

《心靈寫作》出版後，世界各地都有無數的工作坊，鼓勵人們透過自由書寫，跟內在的直覺、創意、情感、記憶產生連結。台灣也是，已經有許多人在各種成長課程的機緣中，被自己的十分鐘書寫所觸動，展開了自我探索之旅。

如此簡單的工作方法，卻具有「芝麻開門」一般的咒語力量，引領我們發現心靈世界

的無窮寶藏。真是太神奇了。

幾年之後，娜妲莉推出了第二本作品《狂野寫作：進入書寫的心靈荒原》。她告訴全世界熱愛寫作的朋友們，當我們以誠實的態度，持續不斷地書寫，總有一天，會不小心踏出井然有序的美麗花園，一腳踩進看起來雜亂無章的野地。

不要害怕。那是尚未被馴化的心靈，洋溢原始的能量，蘊藏著自由奔放的情感、欲望與夢想，充滿蓬勃的生命力。

直到這一刻，我們終於與真實的自己，完整相遇。在這一刻，我們抬頭望見了寬闊的蒼穹，並且學習以仁慈和悲憫，將自己的疏忽、傲慢、脆弱與倔強，包容其中。

她的寫作書，宛若一篇篇清新的短篇散文，透露著源源不絕的創意，激勵出每個人內心的寫作欲望。而她最新的這本《療癒寫作：啟動靈性的書寫祕密》，更是讓人驚艷不已。

娜妲莉熱愛寫作，也喜歡禪法，她的文字經常透露出禪意的氣味。在《療癒寫作》中，她更直接將禪修與寫作結合在一起，設計了一套避靜寫作營的課程，為期一週。靜坐、禁語、慢走、書寫。世界上還有比這樣更幸福的寫作營隊嗎？

我想起多年前，參加內觀十日禪的經驗。為期十天，我們禁語、打坐、專注於呼吸，練習覺察身體各處的細微反應，以及在腦中翻滾的各種念頭，藉以鍛鍊苦樂不二的平等心。

在這十天當中，不能閱讀，不准書寫。不要往外探求，也不要試圖以文字抓住什麼。要讓念頭像浮雲一樣，不執不留。

當外在的世界靜止下來，內心的聲響就變得越來越巨大。當時的我，正站在中年之旅的冥河之濱，不敢舉步，無法向前，內心漂浮著難以言說的幽暗與困惑。

我不是一個專心禪修的乖學生。在這十天的靜坐當中，我不時會讓心念飄離身體，偷偷與自己展開對話。禁語的感覺，真好。休息的片刻，我就靜靜望著遠山，腦海中不時蹦現出有趣的意念和靈感，蕩漾著新鮮的勇氣與欲望。

十天的禪坐之後，我在心中做出了決定。生命也因此轉了一個小彎。

現在想想，那時候真是最佳的自由書寫時機。當然，那不是禪修營的目標。但如果目標是寫作呢？如果是透過寫作來修行呢？那就顯得完美無比。

這就是娜妲莉的做法。過去二十年來，娜妲莉一直透過避靜寫作營，教導寫作者保持安靜、回到呼吸、緩慢、保持覺察，然後，以書寫攪動自己的心，以挖掘出更深刻的事物。世界充滿了戰爭、失落、痛苦、掙扎，但也隨處存在著歡樂、喜悅、美好、驚奇、真誠的愛。透過寫作，我們學會信任自己的心，並且珍惜生命的每一個片刻。

「過去二十五年，每次有人問我，要有什麼條件才能書寫？我總是重複這五個字：『閉嘴。開始寫！』你需要不斷練習，一步一步地踏出，一次一次地呼吸，一個字一個字地寫下去。在那個狹窄的懸崖邊，你會一再地在愛、恨、生、死之中遇見自己。請加入這群受過試煉而保持真誠的人吧，讓自己成為和平之人。」娜妲莉如是說。

透過靜坐、冥想、慢走、閱讀、傾聽、書寫，我們尋找意義，並且跟自己、跟生命產生連結，打開了療癒之門，因而看見了更深刻、更廣大的世界。

對娜妲莉來說，這就是寫作最迷人之處，也是它所蘊藏的最珍貴的奧祕。

前言

十年前，我剛想到這本書的書名（*The True Secret of Writing*）時，是有點隨口說說的意思。那時我正在教課，學生遲到了，我跟她說：「喔，希拉，我真抱歉。你剛好錯過了，我剛剛才告訴大家書寫的真正祕密是什麼。我大約每隔五年才會說一次呢。」我是在逗她，但也是在說：以後要準時，這是你的時刻，不要錯過了。

當然，沒有人能夠擁有唯一的祕密，如果有人這樣宣稱，你要快快逃到山上去。「唯一的祕密」是個危險的想法，人生不是商品，不是單一的，而是充滿多元性的。

過去二十年來，我一直在新墨西哥州（New Mexico）道斯鎮（Taos）的馬貝兒・道奇・露罕之家（Mabel Dodge Luhan House）舉辦為期一週的避靜寫作營（retreat），取名「真正的祕密」（The True Secret）。我們整天練習靜坐、冥想、慢走和書寫。大家來這裡，是因為他們想要寫作，但是這些年來，我發現他們要的不僅僅這樣而已。他們要的是一種連結，某種精神上的渴望驅策著他們，讓他們想要抓住某種意義，或許是被他們

之前讀過的某本書——《安妮的日記》（*Diary of Anne Frank*）、《離開夏安》（*Leaving Cheyenne*）或《卡拉馬助夫兄弟們》（*The Brothers Karamazov*）——所感動，一直無法忘懷；又或許，是他們想對父親說出真心話。他們渴望透過語言、透過白紙黑字與它們扣連，就算有其他方法：如太極拳、瑜伽、藏傳佛教、在大自然中修行等等，他們還是想透過寫作產生連結，有種比書寫更大的東西存在我的課堂——不然，他們可以去各大學提供的創意書寫課就好了。

我也到別的地方帶領避靜寫作：紐約的歐米加學院（Omega Institute）、加拿大的蜀葵（Hollyhock）、新墨西哥的方便禪中心（Upaya Zen Center）和巴耶西托斯山莊（Vallecitos Mountain Refuge），在那些地方，我使用了不同的課程名稱，但馬貝兒的課程是個基本模式，是我的實驗基地、專屬實驗室。

持續了這些年下來，我們在馬貝兒建立了某種節奏，這些累積讓我得以研發出最適合一個星期的避靜寫作營操作結構。這個結構也很容易在其他狀況下運用，無論是一整天、公立學校裡的一小時或家裡的一個下午都行，一個人，或兩、三個人的小團體也適用。最終，你要內化這個結構，放在心裡，隨時作為延展和連結自己人生的方式。

我練習禪法多年，很自然地，會運用之前禪修會的基本結構，修改成寫作營的課程結構。「真正的祕密」的背後有兩千年的傳統練習，這不是娜妲莉個人隨隨便便想出來的創意，而是一個西方女子在她的時代和文化中，撞見了古老東方禪宗大師們的智慧。瞧！某種既新鮮卻又紮根於壞的東西誕生了。

本書所說的練習不限於任何派別、宗教或創意衝動，這些練習適合任何人，無論你的宗教、職業、心態或狀況為何，這些練習都可以豐富你的生命。

這課程除了有傳統冥想禪修會的活動，我還添加了一個重要元素：書寫。因此，靜坐、慢走、書寫都是我們要練習的。在我所體驗過的最安靜、最深刻的靜坐裡，是涵蓋了寫作的，它能協助放空，安放心智，像是潛入寧靜的水池，進入沉靜，出離於讓思緒躁動的根源。

在「真正的祕密」避靜寫作營裡，我們會花時間靜坐和慢走，也會花時間書寫。鈴聲響起，我們靜坐；鈴聲又響起了，我們慢走；鈴聲第三次響起，學生從椅墊下面拿出紙筆，接受自己心智裡浮現的種種，將之寫下；鈴聲再度響起，他們大聲唸出自己寫的文字；鈴聲再起，他們再度慢走。

教室在禪室（靜坐的地方），四面牆邊都有椅墊（或椅子），角落有個聖壇（當然，如果學生人數很多，你可以擺放一排一排的椅子，聖壇並非必要）。無論是何種形式，都需要有個「結構」。如果有了好結構，你就可以讓心志沉潛得更深、呼吸得更深、書寫得更深。

我會重複對學生說：「用呼吸帶領你的心智」，然後我會問：「我們要如何帶領我們的書寫呢？」

他們會回答：「用紙和筆」。然後，一定有人會問：「電腦呢？」

我的回答是：「雖然我們會開車，還是要記得如何走路。電腦很好，但它是不同的身體活動，心智活動會因此稍有不同、稍微扭曲了。不是更好或更糟糕，只是不一樣。」

用手書寫，是我們學會書寫的第一種方式，手連結到手臂、肩膀、心臟；而打電腦則會用到兩隻手，是不同的方式。對許多人而言，電腦已經是主要的書寫工具了，這並沒有關係，但如果我們變窮了，無法負擔電腦了呢？或是電力中斷了呢？這個寫作營要訓練你們在任何情況下都能書寫、都能內省。當我們不必仰賴工具時，就擁有了彈性和自由。

七○和八○年代的冥想禪修會並不包括書寫。我們靜靜坐著，腦子裡卻一再想著即將舉行的婚禮、失去的愛、經濟上的擔憂、狂熱的性慾、最近過世的人，這都是真實的心事，我們無法阻止這些不斷冒出念頭。「注意呼吸，回到當下」這種方法往往不夠，我們坐在那邊，被排山倒海而來的情緒淹沒，哀傷、飢渴、憤怒、欲望、懊悔和怨恨，雖然靜坐的目的是放下思考，脫離地獄煎熬，但是靜坐往往激起或增加了我們內在的攻擊力量，而不是解脫。有少數意志堅決的靈魂設法掙脫了，但是我們大部分人還是在燒灼之中，另有一些人，則是乾脆放棄，在靜坐的椅墊上睡著。

很奇怪地，我還是對靜坐懷有很深的敬意。這是個偉大的開啟，透過靜坐，我們首度接觸了古老的中國、日本修行生活。雖然我從未脫離思考，從未得到永恆的寧靜（這其實是對心智意識的誤解），但我學會了靜靜坐著（在我們這個一切講求快速的社會裡，這已經是很大的成就了），經由靜坐，我學會深刻地接收與傾聽。我的眼耳不但能夠看電影、聽音樂，也聽得到樹木成長，可以被寂靜包圍。我學到了結構——關於一個房間、一天、一週、時間和心智，我也學到了生命從這一刻到下一刻的親密感、我以前永遠不可能瞭解的愛，以及對人生實相更大的宏觀。

六〇年代的那一代，我的這一代，願意脫離社會，過著極端生活，去追尋某種真理、某些對自己和有情萬物的救贖希望。我們這一代的這種決心意願，協助建立了在美國的各種法門與實相基礎。有些人走到最後，成為禪師，以禪法為其終生志業。但是我們之中，許多人花了好幾年坐在椅墊上，學習禪法，直到有一天，終於進入了社會，心裡卻納悶著自己之前都在做些什麼？現在又該做什麼呢？很多人光是想著怎麼養活自己，就感到焦慮和壓力。

從此之後，練習的生活就改變了。人們不願意再過那種極端的生活。他們要求更整合的做法，包含塵世的工作和家庭生活，以及對心智科學、心理學更新的理解。書寫練習正回應了這個需求，讓你在日常生活中從事書寫練習，直接穿過那些重複的、著魔的思考，把心事寫下來，在紙上寫出你立即出現的想法，或是消除這些想法——說過了、做過了、表達了——或是協助你理解這些想法，將它們整合到你的神經與肌肉裡去。

在避靜寫作營裡，我們一寫好就大聲唸出來，不修改，也不給回應，不想唸的人可以不唸，但是，當我們越來越能接受自己的心智意識時，沒有人會不想唸出來的。沒有被編輯、被評論所帶來的自由與喜悅，他們感覺到了，我稱之為「妄心」（monkey mind），在未知領域跳來跳去的心智意識。

我會說：「當我們聆聽彼此唸出文章，我們是在瞭解彼此心裡想的事情，沒有所謂的好或壞。」我們聽見了一起靜坐的人心中燃燒流轉的思緒，也發現朗讀和傾聽讓我們釋放自己、感到輕鬆，發覺原來自己沒有瘋掉，別人也有這些狂野思緒。公開分享開啟了熱情，消除了孤立，我不是孤單一個人。

在這些避靜寫作營中，每個人背後都有一個更大的世界支撐著他，你低頭面對自己的筆記本時，同時也進入了更大的心智，你和一切事物都有了連結，經由哀傷、經由玻璃的一絲反光或踩在石塊上的一個腳步，你看見了愛。這個連結支持著你。

比起小說、短篇故事、散文和傳記，我更堅持某種不同的書寫——現場書寫（priori writing）。書寫練習帶給你強壯的支持，讓你對自己的存在充滿信心，相信你的人生具有價值（並因此尊重所有的生命），理解心智（身為作者，這是最有力的工具），同時理解書寫練習——我們如何創作。我們的寫作營不但有時間表，學員也各自認領工作：為每天三段的練習清掃走廊、裝水壺、敲鈴、點蠟燭。我們親手照顧環境，並經由這個過程深耕自己。

我有沒有提過，避靜寫作營是禁語的？十年前，禁語的作法還很粗糙，大家對禁語感到駭然。現在大家知道禁語的作法了，很多人在討論，甚至實踐。

我告訴學員：「不要浪費時間在無意義的閒聊上，不要唧唧喳喳，要把故事放在肚子裡，在紙上傾訴。之後你們可以閒聊，但現在不要分散你的能量。」

四年前，某次寫作營的頭一晚，開始禁語的前一天，晚餐時一個學員對著身邊三位學員一幕幕地詳細述說他計畫要寫的一個劇本，我知道他還沒開始寫，否則他就不會一直說了。

我傾過身去，手上還拿著叉子，微笑說：「馬修，閉嘴。」

他是老學員了，從新罕布什爾州（New Hamsphire）來馬貝兒上課多年。

他嚇一跳，顯得很尷尬，然後笑了。

「他們會把你的好點子通通偷走。」我把萵苣放進嘴裡。

學員參加過禁語的避靜寫作營之後，都說他們再也不要參加那種學員唧唧喳喳說個不停的書寫工作坊了。

在「真正的祕密」修隱會，我們用餐時、中場休息、上午和晚上都禁語，只有朗讀自己的創作以及討論書籍的時候才例外。我總是規定學員來上課之前閱讀兩、三本指定書籍，包括華萊士・斯特格納（Wallace Stegner）的《安全渡過》（Crossing to Safety）、奇努阿・阿切貝（Chinua Achebe）的《瓦解》（*Things Fall Apart*）、比爾・巴德福德（Bill Budford）的《煉獄廚房食習日記》（*Heat*）、派翠西亞・寒波（Patricia Hampl）的《花匠的女兒》（*The Florist's Daughter*）、安・法迪曼（Anne Fadiman）的《神靈附身你就會跌倒》（*The Spirit Catches You And You Fall Down*）、李昌來（Chang-Rae Lee）的《母語人士》（*The Native Speaker*）或約翰・艾德格・維德曼（John Edgar Wideman）的《兄弟保護者》（*Brothers and Keepers*）。我要求他們讀書，因為我希望我們的覺知練習能夠與世界接軌。

文學告訴我們某些人生真相，讓我們看到某種清明和活力。我的禪師片桐大忍（Katagiri Roshi）曾說：「文學可以告訴你人生真相，但不會告訴你該拿它怎麼辦。」練習紮根於我們真實的痛苦與書寫的骨架中，表達我們真實的生命力量。它不需要是充滿魔法的完美島嶼，不需要是正式的鞠躬和日本式的教條與美學。

當學員閱讀約翰・路易士（John Lewis）的《與風同行》（*Walking with the Wind: A Memoir of the Movement*），我問他們，為什麼來參加寫作營之前需要讀這本書。

來自麻薩諸塞州的納森尼爾回答說：「因為路易士和其他民權運動份子也像我們一樣靜坐、慢走。他們為我們示範了如何在現實世界裡這麼做。」

＊＊＊

某個八月，一個避靜寫作營的最後一個下午，我們一起搭車，保持靜默（八輛車，其中一輛車裡的人一路唱著聖詩），在雙線公路上，經過了路旁搖擺著的向日葵，經過了爾柏旅社，左轉上橋，沿著翁多河（Hondo River）旁的泥土路到了和里約格蘭德河（Rio Grande）匯合的古老峽谷，有著粉紅色懸崖。我們去那裡游泳，沿著河床往上游，然後仰躺著順流漂下。

有些人從來沒有真正進到河裡過，三位學員為了這趟令他們緊張期待的旅程，特地去學游泳。一開始，他們根本不想穿上新泳衣，其中一個學員來自英國，她把泳衣稱為「游泳用的戲服」。

前一天下過一場午後的夏末豪雨，河水非常冰冷。但是練習的欲望穿越了所有的抗拒，讓我們想都沒想就一躍而入。

經過了好幾天的靜默練習，我們對彼此的瞭解益形深刻，已沒有叨叨的話語打斷我們在河中的連結。當新手們順流而下時，我們可以感覺到他們的喜悅和驕傲，他們的快樂也成為我們的快樂。我們的心夠柔軟，可以看到湛藍的天空、清澈的河水、岩壁上掛著的燕子巢，以及沿岸的西洋杉。一週的活動進行到此刻，練習的共鳴已穿過我們體內，創造出空間，讓我們可以接收到身邊的一切。

回程，我心裡想：沒有人把靜坐、慢走的練習和書寫與文學如此微妙交織。有些老師現在也會在冥想禪修會中加入幾堂書寫練習，但書寫仍然被視為分開的活動，而不是整個練習的一部分。

我一生致力於書寫練習。我回頭看著後面一長串的車子，行駛在彎曲蜿蜒的泥土路上，駛出峽谷。我忽然明白了，我必須分享這些避靜寫作營的經驗——接下來冒出來的念頭就是「在我死前」。我感到某種急迫性，知道「無常」就在我身後，但我要如何協助大家？在手機、簡訊、傳真、智慧型手機和臉書出現之前的那種粗曠不羈的生活，我可以為它留下何種痕跡？

本書的結構，將從我教導多年的十分鐘限時書寫，延伸到筆記本外的整個人生。筆記本的書寫將創造出某種永恆的力量，讓你找到你身為作者的聲音，也找到支撐，去連結你的靈感，和世界一同呼吸。

我承認，有時我不想分享。如果我寫出了一本容易閱讀的暢銷書，一半的我覺得不情不願——「讓他們像我一樣，花一大堆時間坐在桌前苦思吧」，另一半的我會覺得「我害怕這本書會讓我的教學內容被沖淡」，讀者會很快放下本書，立刻去閱讀別的書籍了。但是我發現，這不是一個公正的估量，我第一本書《心靈寫作：創造你的異想世界》（*Writing Down the Bones*）已經出版二十五年了，大家還是一直持續地做書寫練習，我對此感到非常意外。第一次的工作坊已經過去二十年了，學員卻告訴我，這二十年來，他們一直持續著書寫團體。

我的工作就是讓古老的教導再度受到重視。我沒有灌水，而是把它們變成可以應用在現代生活中的形式。我把書寫放進練習的核心，用這種方式尊崇我的生命導師們，我在明尼蘇達州的禪修中心跟著日本來的禪師修行了很多年，也跟別的宗師各自學習了好幾個星期，包括泰國、越南和緬甸的。

有些東西永恆不滅，因為它可以調整、隨著時間改變。它之所以能夠不滅，是因為它觸碰到了我們心中最基本、最重要的某些東西。

我教的其實不是禪，而是利用禪作為某種藉口、某種角度、某種優良的結構，以便將人心人性曝露出來——那個我們無法清楚定義或界定的浩然疆域。我們的內在都充滿了智慧，但我們要如何揭露它呢？如何信仰它？如何關懷如此短暫的「和平」，並以此作為我們的人生目標呢？如何安處世界的懷中，看著黑暗與光明此起彼滅，像我的老師片桐大忍禪師說的「不離棄」，並把這一切寫下來呢？

這本書是禪，也不是禪。這是素人禪，靜坐，然後踏進世界的苦難——納粹集中營、剛果內戰、美洲原住民、你的親朋好友。這本書「抓住人生可能擁有的喜悅滋味」，夠幸運的話，也包括了樂趣。

一位學員最近寫信給我，針對「練習靜坐和慢走，以創造書寫所需要的堅實基礎」的效果作出總結：「偶爾，我會想起自己試探性地踏踏里約格蘭德河冰冷的河水，最後終於一躍而入的那個時刻。我就會被提醒，決定打開筆記本，一躍而入，繼續書寫——就如同當時隨波漂流，就像靜坐冥想——超越了『妄心』，到達了書寫的某個境域。我知道重點在於我得不斷地寫，而不是我要到達『某處』。不斷地慢走，練習靜坐冥想，最重要的是，我被提醒了要放下自我批判。所有的人都擁有某種價值，值得為之發聲。」靜坐、慢走、書寫，這就是真正的祕密。

第一部分

基本要素：存有的基礎

我想提醒大家：

生死大事

覺醒吧，覺醒，覺醒

時光流逝

請勿浪費此生

——黃昏時的吟頌，寫在木簡上

No. 1 最大的喜悅

人人皆可書寫，正如吃飯、睡覺一般自然。佛陀曾說，睡眠是最大的喜悅，但我們通常不會如此看待睡眠。睡眠如此尋常，只有失眠的人懂得睡眠帶來的深沉滿足，書寫也是如此。我們這些識字的人很幸運，覺得書寫沒啥了不起，但蓄奴者就禁止奴隸學習讀寫，不敢將之視為「人」。讀與寫是某種權力象徵，讓你終能不被腳鐐所銬。

書寫就是人類血脈的延續。我祖父十七歲從俄國移民至此，對他而言，光是學會說英文就夠了。今天，我們有責任繼續完成移民夢，而書寫，正傳承了夢想，傳遞著真相。開始吧，不需要花俏，就從尋常的事物寫起。除了睡眠之外，佛陀大概知道，但卻忘了提起，書寫也是最棒的喜悅。

八月中旬，兩天前，聖塔菲（Santa Fe）終於下了一場大雨。之前好幾個月，不是乾旱就是森林大火。雷聲轟隆，閃電連連，沉重的灰色烏雲籠罩著整座城市，雨珠閃閃拋下，屋頂、樹木、枯乾的河床、蕃茄、道路、汽車，所有萬物都浸潤在雨水裡，美得發光。我站在雨中，感到敬畏與寧靜，看著雨水流下屋頂的集水管，澆灌在兩堆乾燥的堆肥上，我走進屋內，躺下，感覺雨水透濕紗窗，滲入打開的大門。

起來。你還有事情得做呢，我跟自己說。

但是我回答說：別管我。

我一直躺在床上，享受著頭頂上震耳欲聾的雷雨聲，乾燥的草堆遇到雨水，忽然的香氣，充滿了我的臥室。這個八月中旬的週六不會一直持續下去，雨下得那麼大，幾乎讓我覺得自己又年輕了起來，像是回到了長島的夏日，大地又滿佈深綠。

門鈴響了，我跳起身，鄰居穿著雨衣站在門前，一小撮溼了的頭髮露出帽簷。她身上滴著水，走了進來，我泡了紅茶，從冰箱拿出一大塊一格一格的巧克力，打開包裝，放在桌上。

我已經至少兩個月沒看到她了。那時候她來找我，細細地跟我述說著家庭正分崩離析。她覺得丈夫正在外遇，十三歲的女兒在閣樓吸食大麻，貓咪在客廳牆角尿尿，她扭著雙手，淚水流下雙頰。平常的她，是一個平靜的女人。

我仔細傾聽著。外遇對象是誰？她確定嗎？

她猜是一位同事，她的眼睛睜得大大的。

兩個月前的那一天，天氣極為炎熱，即使沒有胡鬧的貓咪或女兒，就已經夠令人心煩了。

但這個下午，一切都感覺如此新鮮。她談論著她的玫瑰花、她剛寫的三首詩、過去的一個星期她沒停地在寫一本小說。

我試探問：「那，你丈夫呢？」

她的手一揮，說：「天曉得他在幹嘛，昨天他躺在客廳地板上聽音樂，一躺就躺了好幾個小時，一動也不動。」

我心想：我的鄰居都不用工作的嗎？但是我問：「外遇呢？」

她聳聳肩膀說：「誰管它！」

她的臉放鬆、開展，看起來年輕了十歲。

我再進一步：「那，貓咪呢？」

「喔，那個可愛的小傢伙，她現在都去外面尿尿了。」

「女兒呢？」

「信不信？她開始學小提琴了。」「大麻呢？」我忍不住問。

「我不知道。我沒在擔心。」

送她到大門口的時候，我停了下來。「我必須得問，是什麼改變了你的態度？」

「好問題。」她停下來，想了一下：「我在書寫，我又在書寫了。一切都恰如其分，我回到自我了。」她的臉上漾起大大的微笑，「我再度擁有了我的人生。書寫的感覺太好了，不能讓任何事情干擾書寫。」

我問她：「你是說，整件事情就是如此簡單嗎？」

「當然。」我看著她走上已經開始乾了的泥巴路。

我的工作就是傳播書寫的福音。我曾經說過，美國獨立宣言裡應該包含書寫：「……某些不可剝奪的權利，其中包括生命權、自由權和追求幸福的權利——以及書寫」。

有時候，我在腦子裡胡思亂想：「覺得書寫如此重要的想法」會不會是我自己的幻覺或幻想？因為書寫滋養了我的生命，我就乾脆跨出一大步，主張每個人都需要書寫。這有點像吃了一片好吃的桃子派，抬起頭來，宣布桃子派是世界上最重要的事情似的。其實，我只想作作白日夢，在夏日的路上隨意走走，但我渴望讓整個美國都開始書寫，讓大家都信任自己的心，知道自己在想、在感覺的一切，這正是民主的基礎。我的任務進度緩慢。這時，有人敲門，啟發我繼續前進。

我在德國的朋友大衛．史奈德（David Schneider）才剛剛寄給我以下這段話。這是加州大學出版社（University Of California Press）即將幫他出版的新書《充滿了美：詩人與禪師菲利普．惠倫傳記》（*Crowded by Beauty: A Biography of Poet and Zen Teacher Philip Whalen*）中的感謝詞。

「你知道你的問題出在哪裡嗎？」我的老師開始說話，把他的注意力放在我身上，專注的能量包圍著我們，感覺好像我們並不是正身處溫暖夜晚的法國小鎮上吵雜酒館的擁擠包廂。這樣的問題讓忠誠的學生沒有什麼選擇餘地，你正是想從導師口中聽到答案，即使你聽了之後，接下來的夜晚、第二天、那一週，以至於一整個月都會被答案染上情緒色彩。我作出一些回應——可能是非語言的——表示我有多麼樂意躬聽，但他其實根本沒有等我的回應。

「我在想，」他看著我的眼睛說，我們之間緊密而專注，彷彿其他的時間和空間全都消失了。「你的問題出在你沒有在書寫，你需要書寫。如果你覺得事情太多了，沒辦法書寫，那麼，我，」此刻，他用了很長很長的全名，還加上了他的頭銜：「正式交代你，書寫就是你的練習。」然後他放開，不再注意我，回到大夥當中快活地喝啤酒。他這麼做的時候，並不趕時間，但是很突然，帶著些不容質疑的決絕。沒有解釋，不予置評。他立刻完全沉浸在其他的對話中，好像我們之間的「對話」根本沒有發生過似地。但是我知道它真的發生了，因為我的呼吸仍不規則，震驚和感恩同時正從我的心蔓延到四肢。

不是只有「想要寫出偉大的美國小說」的人才能書寫。有些人年紀輕輕就知道自己想要書寫，有些人則是早有跡象——通常非常喜愛閱讀——大家都看好他，但是他得花很長一段時間才明瞭，可能一直到了三十、四十或五十歲才提筆。

八十八歲的朵莉絲已經參加過別處的五個書寫工作坊了，她剛剛傷了膝蓋，走路不方便，因此無法參加最近舉行的十二月份禁語寫作營。她將復健加倍，希望能夠參加八月的。十年前在道斯鎮，朵莉斯認識了瑪莎，雖然她們分別住在不同的西海岸城鎮，卻常常一起書寫。瑪莎最近過世了，為了她，朵莉斯想再度來到道斯鎮，且沒跟任何人提起這個想法，怕女兒不讓她來。她在獨居的八樓公寓裡祕密地計畫著，並沿著長長的走廊，在鄰居關著的門前練習行走。她離開的前一天，找到了一位夥伴一路協助，一起坐火車，從西雅圖（Seattle）坐到新墨西哥州（New Mexico），在沙迦緬度（Sacramento）換車。她把瑪莎的名字放在禪修中心的聖壇上，面對著瑪莎的名字，在班上大聲朗讀。

瑪莎，我想跟你說，我多麼享受我們首次一起在第一教室參加工作坊的時刻。避靜寫作營的房間擠滿了人。我記得你坐在外面，煙囪旁邊，用針線修補你的皮鞋，我也看到你在同一棟建築裡慢走。我們來道斯鎮之前，我對你只有一點點認識，我們去了聖塔菲（Santa Fe）、日落大道（Sunset Blvd）和洛杉磯（Los Angeles），待在小旅館裡。我們一起旅行的各種細節都存在我的腦海裡。

我記起你被推進醫院的時刻，也很榮幸得以陪你進到加護病房裡。二十年來，你只有一個肺，現在它也要報廢了，你無法走路，但還是用手勢跟兒子們要紙，想要書寫。你和我一起，在你家的餐桌上書寫多年，有時也會坐在餐廳的安靜角落裡書寫，但現在你接了呼吸器。

還有一個選擇，五十五公里外的另一家醫院。在那邊，他們會用鹽水灌進你肺部，然後再吸出來，因為這些鹽份，你的心臟或許還會繼續跳動。你寫了些詩，但大部分時候，你寫字條給兩個兒子們。你的心臟又跳動了十六小時，而你一直沒有停止書寫，一直表示要更多的紙。我問她的兒子們，最後的遺言是什麼？他們說，媽媽要他們當乖孩子。

幾個星期後，兒子們舉行了追思會，我很榮幸地代表致辭。我說，她是我的大妹子，我們那個年代的人都是這樣稱呼知心好友，然後我說，我們會成為知交，是因為我們一起書寫。我們用娜妲莉教我們的方法書寫，一直到現在，都還有人在問我是否要再開始一個書寫團體。我無法回答，因為，瑪莎，你不在了。我一直想跟你說，我多麼珍惜你。

——朵莉絲．蕭頓

朵莉絲做到了，勝利地到達了目的地。在八月的工作坊裡，她覺得自己可以隨時打斷我：「娜妲莉，你記得嗎？有一年，有人問你讀不讀聖經，你說：『不，我不讀聖經，我只讀我自己寫的書。』」

全班都笑了。我轉頭說：「我好像有一點印象，朵莉絲，你的記憶力實在是驚人。」

她也對我微笑。

No. 2 為何要靜默

在書寫背後，在文字背後，沒有任何話語。我們需要瞭解某種境界，好讓我們看到更大的視野，從而掌握語言。

在避靜寫作營裡，我們的思緒、記憶和感覺都有機會回到我們心裡。在某個時間點，如果我們的靜默練習夠勤快的話，我們的思緒、感覺、記憶和理解都會在我們當下的地方，當下的時刻安頓下來。聽起來像是陳腔濫調，但是地板就在眼前，朋友坐在對面，風在吹，斑鳩在叫，我們與手臂上的毛、臉上的鼻子都同在，我們不只是這付臭皮囊，在靜默中，人和人之間升起了某種無言的親密。有人坐在角落哭泣，你感覺得到，如禪宗說，與萬物同悲喜。真的是這樣，請試一試。

如果你沒有小團體，花一個下午不要說話，同時繼續做你平常做的事情。對牙醫點頭、對郵差招手、對店員微笑，在街上遇到朋友，握手。你會很驚訝地發現，大家不會注意到你靜默，大家都忙著說話。如果你長期練習靜默並得其精髓，你將擁有這個世界

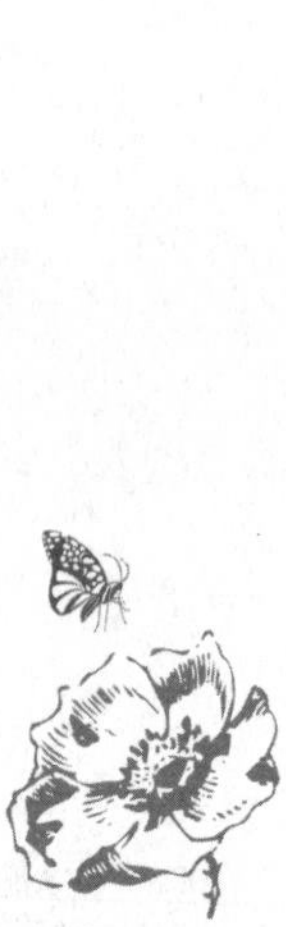

非常需要的特質：內在的寧靜。

我們的社會建立在說話上，說話，說話，說話，這些話都是從哪裡來的呢？話語來自靜默，聲音和靜默彼此相連。

在我們社會的眼中，「真正的祕密」避靜寫作營所進行的禁語看似極端，但真正極端的，其實是不停地說、一直在說、溝通、掩飾、轉移注意、分享、掩藏、撒謊、殺時間、浪費時間、無意義地、疲倦地、不斷地說。我不認為靜默如此神聖，這只是另一個角度，讓我們多話的社會得以延展。

我們需要瞭解另一個面向，否則我們會失衡，會因為靜默的親密感，或因為與一屋子人（或一個人）保持靜默的不自在，而想逃之夭夭。更何況，當我們總是在說話的時候，我們錯失了多少事情，我們忘記注意環境，也無法真正覺察我們說話的對象。

我的朋友凱蒂．阿諾和我一起，每週一次，在我家附近的戴爾包爾（Dale Ball）山路爬山，每次爬一個半小時。我們有個既定模式：上山時保持靜默，下山時一路說話。我們兩個都非常喜歡上山時的靜默，我因此更能注意到分岔時的之字形山路、那株單獨挺立的黃松、有些日子我的呼吸沉重、有些日子爬得輕而易舉。我們對這條山路非常熟悉了——雪融化了、岩石黑暗的一面、早春的寒風撕裂了某個特別寒冷冬天最後的一抹脆弱寒霜。

我們注意到下山的時候，我們的對話即時、親近、直率。上山時費了力氣，靜默則讓我們與自己產生連結，這兩者都讓我們心情愉快。即便說話的內容並不溫暖——凱蒂的父親是《國家地理雜誌》（*National Geographic*）的攝影師，剛剛死於癌症——我們一面下山，仍一面聊著，談話散發著光芒，籠罩著我們。我期待聽到她最近學習烤蛋糕的經驗，也突然對某位作家產生了某種理解。

靜默感覺如此深植於心，讓我現在將它視為爬山前半段的聖詩，凱蒂和我則成為梵蒂岡。和希斯、安和貝克辛一起爬山時，我會說：讓我們在前半段保持靜默，他們也當然點頭同意。這不正是爬山的信條、憲法，或是更好的說法：解脫嗎？

是的，靜默也可能是在逃避、壓抑、隱藏、害羞、沒有人查驗的祕密、或硬掉了的心。

在禁語的避靜寫作營裡，我並不是嚴格要求大家在渴望說話的時候閉嘴，而是邀請大家和靜默建立關係，找到我們能夠接受，並在靜默中放鬆的中庸之土。當然，即使我們不說話，也有很多聲音守衛著那塊土地，我們的意識會立即反抗，因為它們自由慣了。它們強勢取得控制，想要繼續當家作主，表達自己。我們會害怕，如果我們安靜下來，內在會出現些什麼呢？在禁語的寫作營裡，我們只剩下自己，必須與自己相處。

靜默曾經被視為懲罰，不理會、冷淡。或許你來自一個大家都不說話的家庭，也或許你的家庭認為靜默很不禮貌，但總而言之，靜默也可以是某種解放，我們不需要表現、不需要扮演某個人，只要放鬆就好了。

在避靜寫作營裡，我們會朗讀自己的書寫；團體討論時，我們會討論事先指定的書籍。但是，朗讀和討論的背景是從醒來到入睡之間持續的禁語，連進食的時候也是。因此，討論顯得更為深刻且經過消化，我們學會更能傾聽彼此，這是個很緩慢的對話，不是競爭或獨白。傾聽、思考、和回應都很棒，作為一個團體，我們一起成長，一起更瞭解和欣賞某一本書。

理想中，經由禁語練習，我們變得靈活，可以在說話和靜默之間自由來去，不會卡在其中。靜默可以是傾聽之門，而傾聽則是書寫的重要基石——也是最終通往寧靜、內在與世界和解的大門。

No. 3 冥想（靜坐）

年輕女孩米卡拉・奇倫（Mykala Gillum）來自米爾瓦基（Milwaukee）。每年暑假，她都會來聖塔菲六個星期，來拜訪祖母和外祖母，這兩位都是我的朋友。過了十個月，她又來了，她現在十一歲了，剛唸完五年級，滿腦子從學校操場上學來的笑話。

晚餐時，她說了這個謎語：

什麼字有七個字母？
這是一件不可能做的事，
而且，如果你吃下去就會死掉。

長長的停頓。我們通通想不出答案。

我亂猜一通：「蛇。」

米卡拉搖頭笑了。

我皺著眉頭說：「好啦，我不夠聰明。答案是什麼？」

「什麼都不（nothing）。」

「什麼都不」。我終於想通了。中西部學校鐵柵欄裡，操場上，孩子們在討論「什麼都不」。

「對啊，你不可能什麼都不做，如果你什麼都不吃，就會餓死。」

「很妙。」我微笑了。

她又說了個笑話。

我沒聽到頭一句——我在忙著吃東西——我聽到的是：

一個女人走到櫃台前，點了起司漢堡和薯條。

「女士，這裡是圖書館。」

她很小聲的說：「噢，對不起，我可以點起司漢堡和薯條嗎？」

這個笑話讓我崩潰了。聽起來如此前衛、奇特、不真實、根本沒道理。這些孩子腦子裡塞滿了虛無的存在感嗎？

後來我才知道這是一個嘲笑愚蠢金髮美女的笑話，孩子正在模仿社會裡深植人心的成見。我比較喜歡我的版本，沒有一開始的解釋，這樣聽起來比較奇怪、失控、神祕、莫名其妙、無法理解。我發現，某種新的覺知默默的滲入了小學課堂，因此感到興奮無比。但是，唉，她接下來說了個關於鼻涕的笑話（吃完飯後）。

問題是：當我們試圖解答謎語或理解笑話時，我們的腦子有片刻的空白，我們可以和這片空白交個朋友嗎？可以沒有答案嗎？最終還是完全無法理解其中的任何道理嗎？看看四周，一切事物終將消逝，我們什麼都無法擁有。

一九八九年舊金山大地震之後，我的朋友傑寧說：「我一直以為，至少我可以信賴腳下的大地，然後地震了，又搖又晃，還裂開了。」

領略無常的生命真相，但不要變成虛無幻滅的宿命論者。直接面對無常，承認沒有真正永恆的自我、存在和思維，但仍然要願意品嚐本然短暫的真實，沒有任何事物是可以恆久持有的。

這就是靜坐練習的目標，也是靜坐的本質。當我們坐在空無之中時，如果還能夠說有個什麼「目標」的話，就會是這個了。

但是，當然，我們都相信會有些什麼：火車會準時出發，秋天會去摘蘋果，我們會去停車場領回銅板，這些都是實相，但也都只是某個當下的時刻，無法抓住，無法成為永恆。即使是你的婚禮，也會結束，成為你心中的記憶，直到有一天，我們通通無法再擁有任何事物時，我們便會死去。

請原諒我，用這個方式鼓勵你冥想靜坐，真是糟糕啊！但是，當你在忙碌的生活之中，每一件事情都顯得急迫要緊的時候，靜下心來，坐著，把一切急迫的事情都暫時拋開，你將感到如此的自由。進入你的呼吸，就像是深深陷入豪華的沙發裡一樣，深深地進入你的身體的骨頭裡，同時感到和四周的一切如此親密，不管是窗外吹進來的微風，鳥鳴，或甚至是電話響起來——你的老闆要你加班——都保持親密。沒有什麼事情那麼重要，但一切卻又如此重要。

每天好好地靜坐五分鐘。你可以雙腿交叉，屁股坐在椅墊上，背脊打直，眼睛閉著或張開都可以，放空，不要專注，眼睛垂廉往下，以四十五度角看著前方。

或者你可以坐在椅子上。這是個好技巧：無論你身手矯捷與否，無論雙腿是否可以交叉打結，你都可以在椅子上靜坐。這樣一來，你就可以在飛機上、機場、牙醫診所、律師辦公室、就業輔導中心或房仲業辦公室隨時靜坐了。把腿上的東西挪開，把皮包、筆記本、筆電或剛買的菜塞在椅子下面，雙腳平放，與肩同寬，背打直，手放大腿上，手掌向上或向下都可以。

在藥房、或學校餐廳排隊的時候，你也可以站著靜心。

無論或坐或站，甚至躺著，重點是感覺自己在吸氣，充滿肺部，將外在和內在混合起來，然後呼氣——再次混合內在和外在。我們不孤單，我們無法分割，吸進生命，然後呼出去，一次又一次地呼吸。

然後有思緒飄過、聽到聲音、感到鼻子上癢癢的，如果你選擇用呼吸安頓自己，那就一再回到呼吸，感覺呼吸，把呼吸當作這個飢狂生命的基石。生命多麼容易迷失啊！相信我們所想的、所感覺到的都是神聖訊息，立即加以注意。如果炸彈就要掉下來了，請迅速跑開躲起來；如果子彈在飛，請避開它的軌道。如果你想到了炸彈，接受這個思緒，將注意力放回呼吸。我們的痛苦是真實的，但是我們如果緊緊抓住痛苦不放，痛苦將會更加痛苦，更加複雜。

我很熟的一個學生過世了。我接到與她很親近的另一個學生打來電話來說，「我很憤怒。我不要她死掉，她是我最要好的朋友。」

我傾聽著。我們都有死去的一天，每個人狀況不同，但一定會死。如果我們不接受死亡，就會更為痛苦。痛苦是真實的，我們想念過世的朋友，我想念我的學生，當我們抗拒痛苦，試著推開痛苦，設法改變痛苦，我們就會更為痛苦。

這位學生現在已經埋在地下了，離我的住處有一百六十公里。去把她挖出來，我心裡想。

娜妲莉，她已經死了，我跟自己說。

我爭辯，我抗議。

我可以盡情抗議，但真相就是，她已經死了。當我親近真相，我就親近了真正的痛苦。生命無常，我可以對這一切裝聾作啞、反抗、汙衊、吐口水。然後必須回到現實真相：死亡。

這有點像冥想靜心。你看得出來嗎？我的心智、身體、情緒，在我靜下心來，面對真相，面對一次又一次的呼吸時，或像我這位學生一樣，停止呼吸時，全都跑到各處去了。我發現，最後，當我將自己的過度反應沉澱下來，真相將變得沒有幾個字。面對我無法改變的事實，我只能說：「我難過」、「我想念」或「不」。

學生過世的那週，我高齡九十七歲的鄰居也過世了。雖然她已經九十七歲了，我還是不希望她死去。然而，她的死比較有道理，畢竟她很老了。這是我們對死亡的看法，我們認為只有老人才會死掉，並不知道自己隨時可能會死掉，一旦瞭解到這一點，我們的呼吸更形重要了。我們還活著，能夠呼吸，多好。靜坐冥想的時候，回到呼吸，放空你的意識。

* * *

我要跟你說一件可怕的真相：我不喜歡狗。

我的隔壁鄰居養了四隻吉娃娃狗。母狗生了三隻小狗，鄰居捨不得送走任何一隻。牠們一大早就開始吠叫，一直叫到深夜。不是每一天都這麼糟糕，但是牠們確實非常愛叫。

我決定了，有兩個選擇，或是義憤填膺地氣個半死，把自己弄得發瘋，或是接受現況。我選擇了後者——別想找動物管理局或警察來干預了，我住在加西亞街附近，所有的鄰居都姓加西亞。冬天的時候，門窗緊閉，小寶貝都在室內。春天一到，牠們衝到院子裡，吠叫聲傳入我打開著的窗戶。

每一年，從初春到秋末，我都得提醒自己：娜妲莉，你的存在並不比別人重要。可是我很安靜，我跟自己頂嘴。我不打擾別人的安寧。

我選擇不去控制我無法控制的事情。（兩位女鄰居人很好，她們去釣魚時會送我幾條新鮮的鱒魚，根本不覺得狗狗的吠叫是噪音，透過石卵牆，我聽得到她們和狗狗親柔低語。）

當我聽到牠們不停吠叫的時候，我深深吸氣。這個，娜妲莉，這個也是我無法控制的事（我不是天使——我在臥房裝了電扇，試圖淹沒牠們的吠叫聲）。

我有能力接受吠叫聲，這件事情給了我很大的喜悅。很奇怪地，過去四天完全聽不到任何吠叫。牠們還在啊，可是去哪裡了呢？

No. 4 慢走

我們開車兩小時去蒼鷺湖（Heron Lake）慶祝美國國慶。朋友的十一歲小孫女米卡拉又出謎語給我猜了：如果我在做我沒有在做的事情，那麼，我在做什麼？

我的腦子再度一片空白。

沒多久，米卡拉迫不及待地喊出答案：「什麼都不（nothing）！」

噢，又來了。我提議我們自己創造一些謎語，答案都一定要是「什麼都不」。

大家都想失去什麼？什麼都不，我們一起喊出答案。

什麼東西會比一分錢還便宜？什麼都不！我們尖叫。

有時候，就只是為了刺激腦袋，我會為「什麼都不」謎語規定主題：跟石油有關的、跟種族有關的、跟政治有關的、跟猶太人有關的、跟環境有關的。我可以感覺得到我們的腦子在車裡轉來轉去的，丟出各種各樣的謎語、任何的謎語（你必須願意接受失敗）。我們一面開車經過赫南達茲（Hernandez）乾燥的山坡，經過雅比丘水壩和鬼魂農莊的紅色

懸崖時，一面想出以下各種謎語：

如果你沒有車，不需要任何石油，那要付多少油錢？

如果夏娃沒有吃禁果，接下來會發生什麼事情？

種族笑話：如果你撥錯（請用中國人口音）電話，會發生什麼事情？

什麼比一切的一切都更值錢？

希特勒對自己的猶太血統說了什麼？

酒醉駕駛看到停車標誌時，會做什麼？

感恩節的時候，美國原住民會為了什麼感恩？

情婦打電話給妻子的時候，男人會承認什麼？

什麼比一切都更偉大？

你吃得太飽的時候，會想吃什麼？

這種樂趣也可以用在練習上。它將創造出某種新的覺知。

當我和學生練習慢走的時候，基本指令是：走路時，感覺你的腳底。靜坐時，感覺你的呼吸；書寫的時候，感覺你的紙筆。慢走的時候，我們專注腳底。感覺右腳提起、放下；感覺左腳提起、放下；感覺臀部如何移動、膝蓋如何彎曲。你可以讓手臂舒服地垂在身側，或是放在身前或身後，握著手，眼睛看著腳前的路。很簡單，放慢，讓世界到你身邊來，我們總是在追逐著什麼，慢走時，你將有機會接收世界。

然後我鼓勵學生：如果一開始的時候，你不喜歡慢走，不要擔心。我開始練習的頭十年都恨透了慢走。如果你無法用雙腳踏實感受，脫掉鞋子，在碎石子路上走。慢走和有氧運動不同，你會成就什麼呢？「什麼都不！」我們喊。你不需要到某個特定的地方，沒有要去哪裡，沒有要做什麼，就只是把一隻腳放到另一隻腳前面。

可是，有時候我們變得像夢遊一樣，精神渙散，像行屍走肉似地走著。這時，我會毫無預警地發出指令：好，現在倒退走，或是慢走到一半的時候，我會說：停住不動，雙手放在身體兩側，感覺你的腳，感覺它們如何支撐你，你是否站得偏向一隻腳？再進一步，我們又開始走，我要學生注意三件以前從未注意到的、關於自己走路的事情。保持好奇心，我們平常的「走路」到底是什麼？注意你的腳完全貼在地面上，即將再度舉起的那個片刻。

當注意力渙散的時候，我們需要想辦法重新專注。我們要如何喚醒自己呢？在我們的社會，我們認為必須做些新的、令人興奮的事情——跳傘、賽車、爬珠穆朗瑪峰（譯案：Everest，喜馬拉雅山的主峰之一，世界最高峰）——才能感到躍動的、警醒著的生命。但是，我們也可以做尋常的事情，只要加上一點拉扯扭轉，就可以讓生命活起來。靜坐、慢走、書寫——整個活躍的、專注的、喜悅的宇宙就在那裡了。即使你以後會去巴哈馬（Bahamas）、西藏或馬達加斯加，也要好好運用此刻、當下的偉大生命所提供給我們的一切。

旅行也很好。旅行的時候，你也可以靜坐、慢走、書寫，讓旅行的當下或回憶更加愉悅。

你也可以試試其他方法：開車的練習。慢慢開，不要到達速限，如果你在鄉村路上，沒有別的車子，你可以試試看能夠開得多慢。我第一次這麼做是在道斯鎮的莫拉達路（Morada Lane）上，我的朋友，作家溫蒂．強森（Wendy Johnson）也在車上，當時，巴布．狄倫（Bob Dylan）剛剛發行《被遺忘的時光》（*Time Out of Mind*），我們把音樂放得很大聲，開得很慢，非常地慢，時速可能不到十五公里，感覺著狄倫粗獷的聲音，他的歌詞，泥地上輪胎的滾動，風吹著，在空間移動，車窗搖下。

我父親會說：「荒唐！」

做點荒唐的事情，很好。但是請不要在高速公路上做這件事。

No. 5 書寫練習是什麼？

老師教我們，冥想時要持續地超越我們胡思亂想的、執著的思緒，回到呼吸本身，而我也瞭解這一點的重要性。我們由此學習如何放手，不要執著，不要緊緊抓住不放，但我也注意到，我對那些思緒充滿了好奇，因為那些思緒不僅僅是幻想或不真實的胡思亂想，而且並不容易放掉。我不想排斥它們，我覺得它們很有趣，我很好奇，覺得驚喜。啊！原來我都在想這些啊！只靠著呼吸當作冥想的工具似乎太薄弱了，我想要豐厚且自由不羈的感受。如果我隨著這些思緒，到心頭糾葛之處，看它們能夠帶我去哪，然後用書寫來讓自己終於釋懷呢？似乎，書寫練習是冥想練習的完美輔助，兼具豐實與輕薄，清明澄澈又能粗曠奔放的特質。想一想，當然是缺一不可的！

你要這麼做：

1. 手不要停。

不管你決定要寫十分鐘、二十分鐘或一小時，中間都不要停下來。不用急，不需要緊

緊用力抓著筆，可是要不停的寫。這是你穿越狂野心智的機會，你可以看到自己真正在想些什麼、你如何看待事情、你的感覺如何，而不是你認為你應該如何思考、觀看與感覺。我不是說你必須描寫抹了奶油的性高潮才能碰觸到你的狂野心智，你可能最後寫的是吐司、喉嚨痛、你的指甲，無論寫什麼，都會是活生生的、真實的。

是的，即使你從未離開家，從未卸下灰色西裝，你都還是有個狂野的心智，話語之下躍動的力量，那真正的連結。那是人類與生俱來的，開始去接觸它吧。

你可能寫了十分鐘卻一直沒有降落，沒關係，當你開始書寫，如果能接受心智當下的狀況，如果不抗拒，最後你都會安靜下來的。我在筆記本寫下我的思緒時，學習到了這一點。

以下列了更多的規則，但是唯一需要記得的就是「不要讓手停下來」。練習本身會教給你需要知道的一切，其他規則只是在支持你，讓你的手別停下來。

2. 允許自己寫出全世界最爛的文字。

你必須做很多練習，「寶石」才會冒出來。在「真正的祕密」避靜寫作營和書寫練習裡，我們不是在尋找寶石，而是藉此接觸並接受我們的整個心智。寫下無聊的事情、抱怨、暴力、生氣、執著、具有破壞性的、惡毒的、丟臉的、害羞的、脆弱的思緒，讓我們看到它們，並和我們的這些部分交個朋友。我們冥想時不逃避它，也不抗拒它，在生活中亦如是。書寫練習要求我們所有的部分都現身，當我們讓步，不再批判時，它們通通是獨特的寶石，不是嗎？

3.要精確。

不要只寫「汽車」，要寫「凱迪拉克」；不要只寫「馬」，要寫「奶油色的馬，鬃毛和尾巴是白色的」；不要只寫「水果」，要寫「橘子」。

如果你不記得樹的名字，不要停筆，就寫「樹」，你以後可以查出來是「梧桐樹」。一直寫就對了，不要責備自己不知道那棵樹的正確名稱。對自己一定要懷抱大量的善意，如此你將會寫出很多很多文字。

4.不要控制。

說你要說的話，不要說你認為自己應該說的話。

這些應該足夠帶領著你穩穩地穿越心智之地了。

你必須持續地做，才能深耕，在過程中，你和自己的心智建立了某種關係，無論面對的是什麼，你都將學會放下，這就是練習。

有人問過：「什麼時候不再是練習，而是玩真的，真正的冠軍賽呢？」

你知道答案是什麼，練習不為其他，「練習」就是練習處於生命的當下，握筆的當下。去吧，寫滿白紙或電腦螢幕，你在想些什麼？把生命寫下來吧！（譯案：此處原文為雙關語，Put your life on the line.也可以譯為「讓生命處於險境吧。」）

No. 6 入口：開始的起點

我們擁有這一生，日復一日地活著，人生過得很快，但有時也會覺得過得不夠快，尤其在我們覺得沮喪、惱怒、萎靡不振時。這些詞很棒，這些緩慢的時刻，可能有些事情會發生，讓我們有機會穿越讓人磨出水泡的超快速生活，到達另一邊，我們可以轉身，看看自己，好奇一下。在這一切的最底層，我們渴望瞭解自己，光是看我們的行為，我們不會知道這一點——再喝一杯威士忌，吃早餐的時候不聽女兒說話，在時速限制三十公里的地方開到一百公里。我們急著離開，同時渴望回家。

書寫、靜坐、慢走時，靈光一閃，出現了那麼一個時刻，我們穿越了。我們不斷抗拒、脫離、掙扎的事物對我們展開，變得透明了，或者，更好的是，問題不再是問題了，而只是它本然的樣子。

仔細注意那些小小的入口。

上個星期，我帶了一次「真正的祕密」十二月避靜寫作營，完全累壞了，但在開始

靜坐前，我根本不知道自己累癱。真是難受極了，心裡想到的每一件小小的事情，都可以讓我緊張無比。我知道我的緊張不是實相，但我卻無法擺脫緊張的感覺，無法達到禪的境界。第二天，我從左眼眼角聽見，嘿，娜妲莉，這是生死大事。整個思考螢幕消失了，我的肌肉鬆弛了，我處在當下了，沒有任何一件事情有那麼重要。

那個聲音是什麼？它從何而來？如果你學習尋找那些小小的入口，一個開始的起點，那個沒有迷失的你，那個正被思緒絆住，但不相信這些思緒的真實性的你，可以幫你找到一條路，讓你脫離困惑。

「這是生死大事」是什麼意思呢？我無法確定。或許是我不再需要擔心父母親的死亡，他們已經過世了，下一個就會是我自己了。或許，不知不覺中，我用忙碌讓自己抗拒死亡，還是說，我在試圖趕在死亡之前，完成一切？誰知道呢？人類是很奇特的動物。我只知道，「這是生死大事」這句話挺管用。

你無法刻意製造這些入口，但是你可以餵養入口的土壤，使之肥沃。如果你一直不肯安靜坐下來，靈魂深處的你甚至不會知道你對這些入口有興趣。經由練習，經由活在當下，我們等於是在對內在深處的生命力量釋放出訊息說，我們準備好了，請幫助我們。請注意，請帶領我們走出困惑。

就是這時候，書寫就是書寫；靜坐就是靜坐；慢走就是慢走。無聊、抗拒、恐懼和懷疑的面紗被挪走了。壞脾氣的娜妲莉，甚至快樂的娜妲莉也都消失了，就只剩下如是誠實的當下存在。

這聽起來很棒，可是需要努力。除了我們的憂慮、電腦、幫車道剷雪、哪家麵包店的麵包比較好吃、美國道瓊工業指數、我上個週末胖了半公斤之外，你需要培養對書寫的興趣。我們必須培養早餐穀粒和週六夜晚聚會之外的興趣。

我現在正在佛州（**Florida**）的一個避靜寫作營中，窗外就是海洋。每天早上我醒來，第一個衝動就是穿上衣服，去海灘（很幸運的，一月中旬的海水太冷了，否則的話，沒有什麼能夠阻止我）。但是多年經驗告訴我，如果我先寫筆記本，到了一天終了，我會更滿意。每天早上，一定會有某種其他的衝動，我持續不斷地受到挑戰，必須堅持不懈。

但是我必須承認，我確實有一個抗拒誘惑的技巧：娜妲莉，如果你去坐下好好的書寫，你可以享受巧克力和可樂，加了冰塊的喔。我立刻就座，拿起筆開始書寫。今天是第五天了，娜妲莉已經不想吃巧克力了，現在唯一的機會就是找到入口，那個開始的起點，我可以非常專注地寫作，就連那杯冒著泡泡的糖水也忘記。

但是，請忘記我這套欺騙的伎倆，坐下來，和腦子裡跑來跑去的電子相處。接受自己，本身就是很棒的事。昨天，寫了好幾小時之後，我抬頭，看到海上有一隻海豚跳起來。你看！牠又跳起來了。今天，剛剛，就在我寫這一段的時候，又看到一隻。我覺得這是一個訊息，繼續寫，從你身邊的任何事物得到鼓勵。

那，如果你人在克里夫蘭（Cleveland），空氣潮溼悶熱，或是在乾燥的死谷（Valley of the Dead），或是在西雅圖（Seattle），已經下了三個月的雨呢？這些都可以是支持你的要素——把這些現象寫出來。不要羨慕佛州，佛州也有佛州的問題，這裡的蟑螂簡直有手掌那麼大，我起床的時候，會看見牠們衝著躲進衣櫥下。沒有一個地方是天堂，但每個地方也都可以是天堂。

身為作者，我知道我隨身攜帶著一生的回憶，但如何找到入口，找到開始書寫的起點，以描述這一切呢？這有點像在餐廳跟人聊天一樣，和老朋友在一起，你們可能回憶舊事；和同事在一起，你們可能談公事；和孩子在一起，你可能教他合宜的禮節。入口在哪裡？一成不變的生活中出現的變化？和一位你不太熟的男人吃飯，他是很好的傾聽者，忽然，一個話題開啟，你發現自己正在告訴他三歲的時候，一個夏天，你在長廊上，烤肉、蒲公英、門廊、蜘蛛、你在父親很喜愛的合歡樹上抓到的日本甲蟲。你覺得你愛這個男人，等一下，你愛的其實是你自己。他的傾聽，把你自己給了你。

我有一個學生，她已過世的父親曾經在七零年代幫《紐約客雜誌》（*New Yorker*）畫過很多封面。在我眼中，這是最高成就了。我愛死《紐約客》的封面，怪誕、有主題、活潑、有趣、有時很尖銳、總是處在時代潮流核心。他的商業創作足以養家，但是他渴望成為真正的畫家，不想只畫雜誌封面。

你可能在做很棒的事情，但還有其他事情召喚著你。我六十三歲了，但我還未找到某種方法、形式、入口，來寫出我想要回憶並細細品味的一切。這些回憶會和我一起死掉，而我不希望如此，所以必須和時間賽跑，可是，要跑去哪裡呢？會直接進墳墓。所以，不用急。我們要欣賞路上的紫丁香，要找到入口，述說記憶中的故事、複雜的愛情關係、在電影院裡吃爆米花、早上三點下了雨雪、在鐵軌上走著，或二十四歲時在舊金山一間公寓裡遇到一位名叫勞其琳・冷德的女孩，正在讀《白鯨記》（*Moby-Dick*），雖然我從沒讀過這本書，但我們產生連結。你要如何描述重要的事件呢？短暫，或是長久的愛人，你曾經碰觸他的耳朵、大腿和肚皮；你曾經連續好幾個星期寂寞地到處走來走去，卻無法告訴任何人你的寂寞；有那麼一個月，你毫無來由地快樂；你想去旅行卻從未成行的地方——印度、西藏、尼泊爾、越南——從未看過這些地方，你的感覺如何？當你感覺到失望和背叛，你的眼睛、你的手感覺如何？

如果你開始嘮嘮叨叨訴說這一切，不會有人要聽你的，就像在錯誤的時刻提起不合宜的話題一樣。所以，你必須尋找正確的時刻，找到入口，進入你內在世界的入口，把你的記憶拿出來，讓人願意傾聽。

嘿，你想聽我的童年故事嗎？

不想耶。事實上，我忽然想起來，我非常需要買麵包，我得走了。

可是我以為你對麵粉過敏？

現在不會過敏了。然後匆匆逃走。

讓我們試試別的方法。「我在想，棒球手威利・梅斯（Willie Mays）——你知道威利・梅斯是誰吧？——如何影響了我的童年，從八歲到十二歲左右。」

如何影響呢？

看到了嗎？對話要有某種角度，某種令人好奇的元素，需要有些微微的調整。

把你想寫的事情列一張清單，你可以用怎樣的角度寫呢？你能夠取得怎樣的位置，讓昨天的吐司，無論燒焦與否，都變得有意義呢？

我也想提醒你，你可能永遠不會有機會這樣書寫。就像那位畫《紐約客》封面的人一樣，一直沒有成為「真正的畫家」，但是我敢說，他的人生、他畫的封面，都因為渴望而更為豐富了。

有時候，我可以每天靜坐，卻在冥想中一直找不到入口，但是，靜坐本身讓我的生命更為豐富。無論如何，世界已為我開啟，只不過不是用我以為的樣子開啟而已，它沒有滿足我的想法，但是滿足了我的人生。想一想吧，滿妙的。

No. 7

一個時刻

你可以告訴我一個對你而言很重大的時刻嗎？在那個剎那，你從此用不同的角度看待一切？不是激烈的時刻——不是你贏了樂透大獎，或是你在森林裡迷路了卻沒有帶一點食物——而是安靜的時刻，你的整個覺知改變了。

如果你像我一樣，那麼，這種時刻並不多，但是，我有幸擁有的那幾個時刻，我狠狠抓住了。其中一個時刻，我看到自己將把我的一生奉獻給書寫與心智的結合，當時我才二十三歲，完全不知道這個想法會把我帶到哪裡去，有時候我也很難持續忠於這個想法，但是我很感激。

我在方便禪中心，請學生告訴我一個生命中的重大時刻。麥克·史汪伯格當時在場，事後他跟我說：他曾經在非洲布吉納法索（Burkina Faso）和平部隊當護士，在那邊，只有男孩才能上學，女孩的工作就是一大早到井邊幫家庭打水。每天，麥克站在井邊，拿著小黑板，上面寫一個字母，女孩們排隊等著打水的時頂多就能夠學這麼多了。第十八天，

他寫到了R，十歲的女孩米莉安（Miriam）已經學會自己名字裡所有的字母。米莉安第一次在他的小黑板上拼出了自己的名字M-I-R-I-A-M，眼睛裡亮起了永遠不會熄滅的光，忽然，那些符號有了意義。米莉安是第一個，其他女孩的名字還需要別的、還沒教到的字母，例如冰桃（Bintou）或齊娜寶（Zenabou）。她們必須等一等，才能拼出自己的名字。

麥克說起這事的時候，我可以想像米莉安的名字從呼吸凝聚成印刷字母，她的腦神經連結了起來，思考有了新樣貌，語言的向度也拓展了，雲、太陽和樹梢都不再如此遙遠，經由她的指尖，產生了新的溝通。

但是麥克提起這個屬於米莉安的時刻，是想要告訴我別的事情，因為，這也是他的時刻。「我是護士，我當時覺得我想開個診所，但在那一刻，我明白教育可以成就一個人，教育比護理工作更重要，這才是人生的基礎。我在那個村子裡建了一所女校。」

「你離開之後呢？」我問。

「我回家，在哥倫比亞大學拿到教育碩士學位，現在在維吉尼亞州立大學（University of Virginia）任教，找到了我真正的事業。」

多年前，我的朋友芭芭拉．史密茲（Barbara Schmitz）告訴我，她十九歲時，還很天真無知就結婚了。她走上紅毯時，教堂忽然充滿了光芒，她知道，是的，這就對了。十九歲時我們知道些什麼啊？我們都在碰運氣（很可能只要是戀愛，都是在碰運氣）。但是，即便她的丈夫巴柏是個狂野的傢伙，常常早上三點叫醒她一起看電視，她當時的直覺卻一直延續了下來。他們住在內布拉斯加州（Nebraska），耶誕節的時候，他在隔壁空地上掛了耶誕燈，拼出「祝福所有生命安好喜樂！」的字樣，旁邊還有一個大大的心形霓虹燈，上面有翅膀，讓他們的鄰居簡直快瘋了。他混合了蘇菲教派的符號，以及佛經裡談到慈悲的話語，鄰居問他，他到底在說些什麼？這是哪一種宗教？他們無法理解，但她長達五十年的婚姻很快樂。

偉大的吟唱家東尼．本內特（Tony Bennet）曾說，很多年前，他有嗑藥的習慣，那時，他跟伍迪．艾倫（Woody Allen）的經紀人傑克．羅林斯（Jack Rollins）談過。羅林斯認識萊尼．布魯斯（Lenny Bruce），他告訴本內特：「布魯斯辜負了自己的才華。」這句話改變了本內特的人生，他不再嗑藥，走上了完全不同的道路。

要信任那些時刻，讓它們指點我們的人生，這很重要。我們常常有了入口——清澈而安靜——但我們卻否定了它，「噢，太可笑了。噢，我做不到。我不能那樣子生活。」有何不可？這些時刻靈光一閃，這些洞見讓我們看穿了我們平常思考的困惑，達到清明，多好，我們為什麼不聽話呢？反而要聽那一大堆的雜音——我應該去店裡買東西、我應該買輛車、我應該看看有些什麼新的電影、我需要新的泳衣、我看起來太胖了、我都沒有朋友……等等，我們為什麼要跟隨這些思緒，好像它們才是真理似的呢？

另一方面，我們卻喜歡將這些時刻弄得神祕兮兮，一再重述。我們把它轉化為外在經驗，而沒有對這個生命的贈予負起責任。別這樣，我們夠勇敢、夠聰慧、夠能幹，我們可以真正面對這些洞見，讓它轉變人生。

現在，回頭看看自己的人生，寫下這些時刻。你對每一個時刻，都做了些什麼？你忽視了哪些？現在可以正視它了嗎？

No. 8 快樂

過去的三週半，我都在生病。我可以說是得了流行性感冒，但是這樣說就過於簡略了。我的雙眼血紅——醫生說是急性結膜炎。不是小孩子才會得結膜炎嗎？我問。早上醒來，我的眼睛都被黏液粘住了。

我的嘴腫起，咳出綠色的痰；我耳鳴，一切聲音都聽起來都好像我在水裡似的。

我應該繼續描述下去嗎？為什麼我覺得需要寫出這些細節呢？這三週裡，我讀了谷崎潤一郎的《感官世界》。這本書又長又緩慢，非常精彩，什麼都談到了。關於主人翁的感冒、過敏、被蟲子叮咬、腸胃問題都有很多細節著墨。我讀著，沒有畏縮逃避，我們是人，生病是自然現象，是生命的一部分。

我必須承認，等我讀到第五三〇頁，最後一頁，我特別喜歡最後一句。妹妹——整本書中從頭到尾都存在的、最強的旁白——終於要結婚了，結果：「由紀子的腹瀉持續到二十六日，去東京的火車上，造成不便。」這本書就此結束。

我們看到一個三十多歲的女人，活潑而充滿期待地——在二十世紀中葉的日本，這個年紀算是晚婚了——朝著自己的前程奔去，身體緊張不已。別那麼中規中矩嘛，你該喜歡這一幕的，光是為了作者的誠實就值得了。別人不會告訴我們這些事情，所以要感謝這位作者如此誠實。

我生病的時候，躺在床上，也讀了強納森．法蘭岑（Jonathan Franzen）的《自由》（*Freedom*）、羅拉．希倫布蘭德（Laura Hillenbrand）的《仍然完整》（*Unbroken*）和博伊爾（T. C. Boyle）的《玉米餅帷幕》（*The Tortilla Curtain*）。我的閱讀速度不快，但三週都躺在床上，時間很多，偶爾，我從臥房窗戶看出去，看著緩慢乾爽的春天淡綠的景色，和近處的紫藤，有時我停下來，打噴嚏、咳嗽、擤鼻子、喝口熱茶。

朋友打電話來表示同情。是的，我病得很重，我確實躺在床上太久了，但我馬上又回到手上的書中世界。

事實上，我很快樂，很久沒有這麼快樂了。我知道，一旦體力恢復，我又會充滿熱情地投入瘋狂的活動節奏中。我很幸運，我喜歡我做的大部分事情，但是當我躺在床上，我發現，熱情和快樂是兩回事。你無需做什麼才能快樂，你就只是接受快樂，像地下水源一樣，每個人都可以取用，但是我們只能靜靜取水，讓它流過我們。如果井四處飛奔，是不會有泉水湧出來的。

我們誤以為成功、欲望、成就，甚至我們喜愛的事物，就是快樂。在我的日常生活中，我甚至不會想到快樂這碼子事，我忙著跑來跑去，防衛、建立、發展、抗爭、堅持、爭辯，在一片混亂之中活躍地參與著這一切。我們的社會強調權力、強勢、個人，我們因爭戰堅強、勤奮，不然，如果我們承認這一切的實相是痛苦、無效、破壞，為什麼還不斷參與呢？

快樂從何而來？在施與受之間，內在與外在的相遇之處。閱讀一本書不就是這麼一回事嗎？啟蒙也是一種相遇，是內在與外在的關係。你不會在真空中醒過來，佛陀抬眼看到晨星，於是頓悟，整個神經系統都徹底改變了，而你則無法在一個小櫃子裡和自己真正相處。和自己真正地好好相處，就是和世界好好相處，就是在關係中好好相處，和樹、和切片乳酪、和格局壯闊而悲哀的政治變遷相處。

快樂中有著和平。我們的社會很少考慮到和平：人和人、和環境之間的和諧互動；或在衝突時不傷害任何一方，且總能顧及夥伴情誼、付出關懷、消除敵意。我們稱之為呼吸交替魔咒，感覺我們的吸入和呼出，很單純地當一個「人」。佛陀曾說和平是最高的良善，我想我們都能同意他不是笨蛋，但是我到處都看不到真正的和平。

生病時，我安靜了下來。我沒有能量參與任何活動，無法執行日常生活中無數的細節。我不是說生病是最理想的狀況，但昨晚我注意到自己正為了某件事情惱火時，我知道我的身體好轉了。「擔心」偷偷出現了，我又回到了人類生命的蒼白裡，那一刻，我的快樂去哪了？我和生命失去了連結，和接納、耐性的核心失去了連結，和我的肚子深處以及安樂幸福的基礎失去了連結。

第二天，我把自己拖下床，去隔壁房間，盤腿坐直，靜坐了半小時。我想用呼吸將亂跑的心智穩定下來，一再地回到當下，重新獲得如此容易失去的滿足感。

我常常告訴學生：「不要放棄現有的一切。你渴望的愛不在其他地方。」

我靜坐著，有很長的一段時間，我一直在回憶著奧斯威辛集中營（Auschwitz）。去年夏天，我在那邊冥想了五天，然後我想到了院子裡的堆肥，想到或許該買一些燕麥。思緒沒有地位高低之分，心智可以在剎那之間，從嚴肅的議題跳到平凡的事情，然後，啪，我回到自己了。如果我要快樂，我必須瞭解快樂是什麼，然後隨時隨地將自己奉獻給快樂。我不能靠著一直躺在床上生病來獲得快樂，不生病的時候，我也必須如此承諾自己。

我非常喜愛簡潔神祕的禪宗公案，因為這些古老中國智慧教導我們如何體現原始的大自然，其中也包括了疾病。

偉大的馬老師生病了。寺院住持到他房間去，問他：「你的健康如何？你的感覺如何？」

偉大的老師說：「太陽臉的菩薩，月亮臉的菩薩。」

我們可以盡情猜測其中的含義，但重點是：疾病也是達到和平、理解和快樂的一部分。所有事情都是其中的一部分。

在牙醫診椅上，要如何和「滿足」保持連結呢？聽新聞的時候要如何保持和平呢？有時候，快樂就在我們處於哀傷的核心。

我朋友的丈夫過世了，才三十多歲。她很失落，但心理諮商師說：「享受你的哀傷吧。等這一切都過去之後，你會想念它的。」你能夠想像嗎？無論你的心裡是何感覺，都要處在生命核心之中。

我不是說快樂有方法可求，而是說，受過訓練的心智會檢驗狀況，不會就這樣崩潰掉。如果你生病臥床，這是一個機會；如果你一直和某位朋友處不好，往深處看，超越爭吵和誤解，或許你們的關係幾年前就已經死了，只是你沒注意到，因而還緊緊抓住從前愛的感覺；或許這個關係還會再度生根，或許不會。

大學時，唯一引起我興趣的課程是哲學系的倫理課。我們研究笛卡兒（Descartes）、柏格森（Bergson）、詹姆士（James）、康德（Kant）和蘇格拉底（Socrates），整套西方文化裡死去的白種男人。每篇文章的本質都是在探討快樂，快樂是什麼？如何獲得快樂？

當我跟隨日本禪師學習時，他說：「無論你做什麼，都要經由法喜達成。」他揚起黑色眉毛，表示他指的包括一切。是的，你，娜妲莉，也可以做得到。那時候，我三十一歲。

沒有人能夠把快樂放在銀盤上，或是放在桌巾上送給你。尤其，我們根本不知道快樂是什麼，我們的工作就是仔細地注意、研究。我們可以擁有快樂、和平時，也可以同時擁有喜悅、樂趣、愉悅、憤怒、攻擊性嗎？我們要如何學習持續地與自己在一起？

很驚人地，我繼續待在床上兩星期，總共五星期，時間頗長。我的耳朵，耳咽管受到感染，很少血液流經那裡。我感到滿滿的腦脹感。星期三，我終於有一點能量了，我出門去，急切地要回到人世中。我真笨，我大概完成了三十項任務，包括晚上和朋友聚會。我很享受這一切，但就在我要睡著的時候，我問自己：你快樂嗎？

答案很快出現：只有我在後院種蕃茄和草莓的時候，我很快樂。

第二天早晨，我醒來，床邊坐著臭臉先生：寂寞。我以前當然也感到寂寞過，但這一次，寂寞在我身旁瞪著我。我失去了天堂──躺在床上的那一段長長的時間。

接下來的幾天，在不同的時刻，我問自己：「你快樂嗎？」我又開始忙個不停了，我不知如何找回快樂，我無法刻意快樂。病癒七天後，我在銀行排隊，像一隻獵犬或負鼠，毫無來由地忽然感到快樂升起。我存了錢，坐在車裡，問自己：「發生什麼事了？我做了什麼？」我幾乎像是愛情小説裡描寫的「快樂滿溢」。我並沒有在談戀愛，只是在生命中游泳罷了。

今天早上，我穿好衣服，準備出門時，心情鬱悶，因為我的過敏反應，和五月不停的風和乾旱，讓我的皮膚乾裂。我問自己：「你快樂嗎？」檢查一下，提醒自己。我低吼：「不！」但是我沒被說服。有些防衛被催毀了，即便再難受，裡頭也可能有一些快樂，然後，快樂開始冒出來了，清晰飽滿，毫無來由。

這是有原因的：我注意它。這些年來，快樂一直在那邊等著我。美國獨立宣言說我們擁有快樂的權利，但是我們卻忘記追尋快樂了。其實，你無法真的追尋它，但可以注意它，這樣它就會發生。然而，我們瘋狂追逐快樂，卻不斷購物，或經由仇恨、偏見和僵化的想法製造痛苦。

快樂很害羞，它需要知道你真的要它，就像追求書寫一樣。你寫出真相，它會引導更多的真相冒出來。你不能貪心，不能麻木，不能無知，快樂是害羞的女孩，需要你和善的注意，然後她就會過來。你不需要生病，就可以獲得快樂。

No. 9 一些決心

「真正的祕密」避靜寫作營裡禁語，我的座位旁邊有一個大碗，學員可以把問題和回應寫下來，丟到裡面。他們通常不簽名，只是在小片紙上寫下他們的想法，折起來。

有時，我會提早到禪堂，翻一翻這些紙條。有時候，某個回應給了我演講或書寫的靈感。

某個八月的週二，我打開一張折起的紙條，忍不住大笑。上面用鉛筆寫著：「無心」（譯案：原文為，Never mind，文字表面意思是「永遠不要用心智」，但也有「不要在乎」、「算了」之意）。你看得到這裡面的整套思維嗎？往前的動力、掙扎、放手，我把這張紙條放在皮夾裡，整個宇宙，用兩個字就完整表達出來了。

今天下午，又有一張紙條從我的筆記本裡掉出來。這是五個月前的一次寫作營。「我要如何避免將練習變成『待完成事務清單』，然後又變成『我應該』呢？」

這是個好問題，你同意嗎？我們經常如此，我們想要冥想，想要書寫、跑步、戒毒，清單無限長，變成了一場戰爭。我要；我不要。我沒做到，我覺得羞恥、失望；這是個蠢主意，我並不真心想要，或是我不認為我可以做得到。

但這不是真的。某些種籽，某些飢餓和渴望是真實的，且在我們散漫無章、瞬息萬變的思維模式之下甦醒了。我們的努力等於是為種籽澆水，但努力可能得到誤導，變成我的學生提出的問題，也就是「又一件我必須做的事情」。我們失去了靈魂深處的連結。

我們要如何保持連結呢？首先，我們得承認，在心靈深處，這真的是我們要的，然後我們朝著它而去。有時，我們會失敗了一週、一個月、一年、十年，然後我們回到原點，回到營火的圈子裡。人生不是線性的，我們有時會迷失，然後又回到原路。耐性極為重要，我們對自己的錯誤要有極大的包容性，我們不會在一夜之間改變。

我有一位很親近的朋友，認真練習禪法很多年了。即使沒有人出現，她一個人還是每天在禪堂靜坐。十年，十五年，然後反噬發生了，她無法再度接近禪堂或靜坐的椅墊。她受夠了。

有十年之久，一想到冥想，她就想吐。

這個月，她搬家了。我去看望她，有一整個房間被佈置成聖壇。

我問：「嗯，你會再度靜坐嗎？」

她的臉上出現小小的微笑，「一點點。晚上，睡覺之前。」

她無法靜坐的那十年是否也是練習的一部分呢？她是在創造新的靜坐模式，以讓她的靜坐再度活起來嗎？或許吧，因為熱度還在，因此即便那時候的她非常受不了靜坐，還是和靜坐有著連結，只是感到困惑。能量還在，雖然不舒服，但在表相之下，還是有些什麼在作用著。

當你嗑藥酗酒，或使用任何方式痲痹你的驚駭與掙扎，你就真的迷失了，與你真正的渴望失聯。然而，在掙扎、在「應該」與「清單」之中，有某種跡象和方向，你想要的某些東西。

有時我們來到禪堂，沒有熱情、沒有心，練習完全是死的，還不如出門去喝一大杯冰淇淋汽水或吃顆蘋果。

柏尼・葛雷斯曼（Bernie Glassman）幫自己在華府辦了個長達五天的五十五歲生日聚會，那五天是華府有史以來最冷的五天，穿著外套、裹著毯子，他整天靜坐，心中只有一個問題：「我能為這個國家的流浪漢、愛滋病和暴力做些什麼？」他練習禪法很多年了，對這些嚴重的社會問題還是沒有答案。他靜坐時，有時會有十五個人陪他一起靜坐，有時更多。他和朋友們一起想這個問題，五天結束後，他有了答案。他要建立禪宗和平團。

這是個美麗的故事，也是個很好的範例。他有明確的目標，沒有被散亂的心智誤導，也沒有忘記自己是誰。

關鍵在於「埋頭努力」，就是去做，選擇你在乎的事情、你心中一直不斷出現的事情，就比較有機會成功。即便一時迷失了，你總可以找到路，回到原點，不斷地來回，建構練習的支柱，你有這樣的心嗎？要有耐性。

否則，你的人生將如水黽，永遠在水面上滑行。你不要這樣，你的心靈深處不要這樣。你要的是你自己，練習就是接近自己的方式。

No.10 練習是什麼？

我一天到晚說「練習」。學生點頭。但是不久之後，我發現，「練習」的定義因人而異。

有一年的課程，我們每隔三個月聚在一起，做一週的禁語練習。某次課程的第一天，我要學生選擇一項可以做一整年的練習。一週結束時，大家唸出自己的選擇：不再吃油炸食物，減掉十公斤以上；每天跑八公里，強化股四頭肌；每天靜坐一小時，然後書寫一小時，完成一本小說。清單都差不多，充滿成就取向，往前看，勤奮不懈。

輪到我的時候，我的願望比起來簡直是輕量級的：每週五天，每天靜坐二十分鐘。

當時，我大可以討論練習這回事，但是我決定靜待結果。

三個月後的春天，我們又相聚了。第一個晚上，吃完晚餐之後，我問：「結果如何？」

有些人傻笑搖頭。「不太好？嗯，你們知道嗎？我們可以改變接下來的計畫。」我說：「讓我們談談『練習』是什麼。」

為什麼我不從一開始就省了他們不切實際的計畫呢？因為我知道他們不會聽我的話——噢，他們會聽話，畢竟，他們都是我親愛的學生啊——但他們不會真的聽進去。掙扎和失敗具有很強的效果，其間的差距讓你明白自己並不知道一切，因而創造出小小的空虛，在這裡，你便可以接收些什麼。尤其，西方社會充滿野心、產能、拼命、努力的心態，人們很難聽見背後的聲音，我們只注意眼前的事情、進行的過程和目標，而「無法成功」這件事讓我們墜落到地面，將目光轉離自己的身軀，甚至可能讓我們用到那個讓我們恐懼萬分的小小字眼：幫我。

那個四月初的聚會，外面吹著春風，落葉樹的樹梢冒出了一點點淡綠色，我們討論了「練習」的定義。這和「練習導致完美」的俗諺不同。練習就是對你選擇的事情，規律地做，沒有目標；你的目的不是改進自己，不是去到哪裡，你做，只是因為你要做；不管想不想做，都去做。當然，一開始的時候，做的是你自己選擇、想做的事情，但是一週、一個月之後，你還是會抗拒，即使你衷心喜愛，還是會出現惰性和障礙：我可以更加利用時間、我累了、我餓了、這件事情實在很蠢、我需要收聽晚間新聞。這時候你有機會遇見自己的心智意識，檢查一下它在做什麼，看一下它的計謀和心計。這才是最終的練習：到達自己的前線——後門。你決定持續地長期做某件事情，完全不思考這個主意是好是壞、不考慮得失，就看看會發生些什麼事情。沒有鼓掌，沒有批判。

我告訴學生：「這就是為什麼你們需要花點時間決定要做什麼練習，因為它需要持續的承諾。需要合乎實際，有可能的事情。」

我選擇每週靜坐五天，因為我知道我需要彈性。有時候我可能無法靜坐。如果你可以每天在固定的時間和地點做這件事情，很好，但是現代生活很難辦到，所以我讓我的承諾保持簡單：每週五天，每次二十分鐘。如果我這週已經有兩天沒有靜坐，而且已經是星期天了，這星期的最後一天，晚上十一點，我很累了，我還是靜坐二十分鐘。我很累，但是照樣做，或許還打了點盹，但我到底還是做了。

為什麼呢？直接上床睡覺不是簡單多了？

不，這個持續的練習表達了你真正的決心，對你的潛意識、對你深處的抗拒送出訊息，表示你是認真的（你的抗拒會吼得更大聲，你就吼回去）。過一陣子，這個練習就有了很強的馬達，內在深處的那個「非個人力量」就出來了。它強化並支持你對生命的承諾，無需特別的原因，不是因為你是好人或壞人，或值得，或善良，或成功，而是因為你就像一棵小草，或雷霆，或白雲一樣地活著。

去年，有人送了我一株牡丹，放在我廚房的水瓶裡，它一直開花。任何早晨或晚上，我走進廚房，它都美麗無比地盛開著，不為了誰，沒有特別原因，只是在做它活著就會做的事情。

練習會讓這股力量甦醒，但是並非全無挑戰，我們必須忽視邏輯、腦子找的藉口，以及我們強烈的抗拒才行。練習可以建立真正的自信，這是外在的成功如名聲、金錢、美貌等所無法建立的真正自信。這個信心來自你一再一再地保守承諾的事實，你做到了你說要做的事，承諾從事某個練習，那是你的生命有機會達成的練習，即使你可能少做了幾次，搞砸了幾次，但是你仍然坐在駕駛座上。就算有幾次你沒有出現，這也是練習的一部分，你要留意自己的缺席，不要那麼僵化，要發展柔軟的心和柔軟的意識，不要懲罰自己，也不要因為缺席了一次或兩次，沒有靜坐、跑步、書寫或吃得健康，就乾脆放棄了。

節食的人不就是這樣嗎？我們搞砸了一餐，就此完全放棄。因為節食是有目標的，我們必須減掉超過十公斤，否則就完了。我們揍自己的肚子，和自己打架，人在這邊，心裡卻想去那邊。我們從一開始就痛恨自己，但這不是個好主意。仇恨只會導致更多的仇恨。

我們要如何把節食當成練習呢？或許我們可以決定吃得很健康？太模糊了。每天至少吃三次蔬果？不吃甜食？每週五天，每天喝八大杯水？我不知道你的答案會是什麼。有時候，我們倒著達成減重的效果。減重成為另一個練習的副作用：覺知。

上次的工作坊叫做「深而慢：練習之道」，快要結束時，最後一個下午，我們解除禁語，在房間裡分享一年來的經驗。

布蘭達的臉上滿是微笑：「你注意到我掉了十三公斤半嗎？」

沒有，我們都搖頭。

她的練習不是每天書寫嗎？我心裡想。

「我確實掉了十三公斤半。對我而言，靜默是一件新鮮的事情。安靜，不急著趕來趕去，時間那麼多——我開始注意到一些事情。上個冬天，我回去的第二天早上，我正在吃早餐，我跟自己說：『布蘭達，你不需要吃得像是沒有明天了似的。等下還有午餐，還有晚餐，你可以放輕鬆。』

然後我看看四周，注意到瘦子盤子裡的食物。他們拿的食物絕對沒有我拿的多。我一直注意瘦子怎吃東西，然後我模仿他們。我猜，這才是我這一年真正的練習。」

如果你選了一個練習，但是不確定是否適合你呢？一位新學員這麼問。

除非你試了，你不會知道，對不對？

這些春天加入的新學員用較為合乎實際的觀點重新檢視自己選的練習。表面上看，有些練習似乎很平凡，不夠英勇，沒有要克服什麼，可是我告訴你，在我們瘋狂的腦子裡，只要能夠超越雜亂無章的思緒與抗拒，或在當下，就已經非常英勇了，簡直是獅子心，堅定而無畏。

我要求他們弄一本筆記本，記錄自己的練習。我給他們看我過去三個月的紀錄：小小的一本筆記本，很薄，是很久以前別人送我的，用釘書機釘著，香蕉纖維做的，桃色。

我現在打開來：

三月五日——跳過（我開始練習的第一天就沒有做）
三月六日——上午7：30—7：50
三月七日——上午7：25—7：45，一個人在雲山上
三月八日——上午6：25—6：55，坐了半小時，已經覺得放鬆
三月九日——週五，在帕羅奧圖的溪邊靜坐
三月十日——米爾山谷（Mill Valley）圖書館外靜坐，二十分鐘，和溫蒂一起面對索薩利托的海洋
三月十一日——和比爾·艾德遜和米雪兒一起在金門大橋公園靜坐，霧很大
三月十二日——跳過，回家的路上
三月十三日——早上靜坐
三月十四日——更年期徵狀嚴重，躺著，而不是坐著，2：30—2：50
三月十五日——早晨靜坐，在家裡的工作室，到了很深的地方，感覺到西賓市的羅夫任
三月十六日——躺著做練習，累壞了

我回頭看，發現我把朋友也拖進來練習了。我沒有寫下靜坐的成績如何——不分好壞。我旅行的時候也做，身體不舒服的時候也躺著靜靜冥想。練習可以很活。我沒有想：我是個有經驗的冥想者——我為什麼做這麼輕鬆的冥想練習呢？我有我的規定：每週五天，二十分鐘。我有做記錄的筆記本，就這樣開始了。

筆記本讓我和練習的關係持續下去。我看到：

四月二日——跳過，和喬安・哈利法克斯（Joan Halifax）去了鬼鎮（Ghost Ranch）（註）

喬安得了肺炎，我還是拖著她去爬山，一直說：這是很容易的山路。很明顯的，大雨才剛肆虐過這個乾涸的河道，整棵大樹連根拔起，傾頹。我們頭上聚集了暴雨將至的烏雲。「我們必須找到逃生的路線，到高地上去」，她一直說，「噢，再走一點嘛，這是我最喜歡的一條山路」，頭上又發出崩裂的聲音，她快速爬上陡峭垂直的溝壁（即使得了肺炎，這個女子還是活力十足）。

四月三日——早上五點靜坐，整晚下雨

四月四日——跳過

四月五日——跳過

四月六日——跳過

雖然我跳過了幾天——無論有沒有充分的理由——記錄都讓與練習的連結得以持續。不是空白、不是欺瞞，就是記錄：「跳過」。我還在連結之中。

我們認為自己在往哪裡去呢？練習可以被超越習慣驅動的衝動，到達一個固定安穩的地方，即使我們其他部分，或是整個社會，都還在大喊著「成就」。

事實上，我們確實有所成就，如果這樣說可以使你開心的話。你的「成就」就是瞭解

註

我在這裡先補充說明一下，以免大家感到困惑：聖塔菲有兩位女性禪師，都叫做喬安，一位姓薩德蘭德（Sutherland）。兩位都住在我家對面。我在這本書裡會提到這兩位禪師。哈利法克斯是隨意禪中心的住持，薩德蘭德是覺醒生活（Awakened Life）的禪師。她在那裡每週主持八次公案討論，我經常參加。聖塔菲不是個大城市，人口六萬，但是，喬安似乎是個很普遍的名字。聖塔菲的桂冠詩人叫喬安·洛奇（Joan Logghe），往南九十六公里的阿布奎基（Albuquerque）還有一位禪師叫喬安·里克（Joan Rieck）。有時很令人困惑。有一次，喬安·薩德蘭德來我家拜訪，坐在客廳。一位朋友剛好來訪，我介紹她們彼此認識，但只提了名字，沒提姓氏。我們三個說了四十五分鐘的話。

第二天，我的朋友打電話來說：「我從來沒想過喬安·哈利法克斯會長那樣。」

「你說對了，她不是長那樣。那位是喬安·薩德蘭德。」

練習是什麼，練習可以安穩你的人生，讓你的人生真實起來，建構一個很好的基礎。不是「安好幸福」，是「存有的基礎」，這是背後口袋裡一個很大的空間呢！很棒的。

關於練習的討論之後，貝絲選擇每天寫一首日本俳句。寫了一個月之後，她的兒子被派駐伊拉克，她很心痛，很擔憂。但是你能想像嗎？每天有一小段時間，她必須拋下一切，打開自己，專注的寫下一首俳句，這是痛苦之中的呼吸。

請看：（譯案：俳句格式是三行，各五、七、五字。為了合乎格式，文字稍作修改。）

暴風雨之後
帝王蝶吸取雨滴
從楓葉之上

正念崩頹了
與母親爭吵起來
她有失智症

心裂開來了

十月的玫瑰花香
母親的最愛
不安無眠夜
不請自來的客人
新年隨風至

他們攜帶的東西

閱讀著越南
外面下灰冷的雨
黑暗的絕望

發誓不殺生
將螞蟻攜出室外
用報紙盛著

無法怪別人
一生有很多戰爭
未阻止任何

與母親划船
兩個懶人躍入泥
掠過了表面

靠愚蠢運氣
從父母手中倖存
繼續過日子

湖畔的小鹿
啃噬著稚嫩水草
我從未狂野

二〇〇九・一・二十

週二猶如常
但卻又完全迥異
這是就職日

無常啊，無常！
粉紅的木蘭花瓣
撒在綠草上

那一年，貝絲成為和平運動者。她把俳句寄給我，有時，特別是當她去探望住在威斯康辛州北部凱博鎮（Cable）的母親時，會寫一兩首在明信片上。她不評價這些俳句，只試圖抓住當下發生的事情或心裡的思緒。

最近有一個結合瑜伽和書寫的工作坊，幾乎都是新學員。我請她當我的助手，一個下午，他們書寫，然後兩兩分組，互相朗讀。我走來走去地聽，剛好走過貝絲身邊，她正在朗讀。我停了下來，已經很久沒有聽到她限時書寫的作品了，她還是我的學生時，限時書寫的作品往往比較膚淺。現在我聽到深沉的表達；她的文字有了重量和完整性。

當全班再度聚首時，我轉向貝絲：「我可以問你一個問題嗎？」我在全班面前這樣問她（重修的老學生得忍受我。我對新學生比較好。或許也不是這樣，讓我們繼續吧，我們可沒有一輩子的時間）。

「貝絲，我剛剛聽到你的作品。發生什麼了？以前你的書寫練習從未真正產生連結。」我的身體往前傾一些：「我可以這樣說嗎？」然後我繼續說：「你現在的書寫很紮實了。」

她認真思考我的問題，沒有抗議。她能夠瞭解，這是深沉的好奇，不是批判——而且她習慣我的風格。「我以前會想討好老師，讓同學喜歡我。後來我開始寫我生命中困難的部分，傷痛的部分。」

我點頭，新同學非常感動。整個星期，我都在跟他們說：「為了書寫，你必須願意擾亂你的內心。」

你買了個好皮包、有了一隻可愛的小狗、快樂的童年……，這些都不是書寫的好材料，缺乏足夠惱人的能量。雖然我這麼說，如果你能夠超越可愛的膚淺層面，觸碰到誠實的親密感和真實的細節，什麼主題都可以寫。

但是對我們大部分的人而言，在我們禮貌的外表之下，我們都有攪動、吶喊的不一致性與一顆瘋狂的心，讓它轉動吧。

莎琳不確定自己應該做什麼練習。她是長期的學生，可以每天書寫或靜坐，但是她想要新的東西。我不覺得是因為她對靜坐或書寫感到厭倦了。靜坐和書寫已經是她的第二本能，無論發生什麼事情，她大概都會持續靜坐和書寫。就像刷牙，你不會想太多，就是刷，這很好。瞧，牙齒刷好了；瞧，你寫了幾頁文字；瞧，靜坐了半小時，檢驗了你的缺乏耐性、躁動不安，安靜下來了，這些能量就是你的了，沒有多少紛擾。你可能擴展了你的包容能力，雙臂擁抱了一大堆人，儘管他們有著各種形式的攻擊性、無聊、欲望。

莎琳多年來也做了一個練習。她的聲音很美，她寫了一首關於學習跳華爾茲的歌，已經成為我們班上的班歌了。

壁花華爾茲

我輕點著頭、腳打著拍子，
我在壁花街上占據一席之地。
好久以前，我就學會走路了——
請教我跳華爾茲。

有時我很害羞。有時我很慢。
我踏錯拍子。我踩到你的腳。
我好想學會華爾茲，你無法想像——
請教我跳華爾茲。

教我如何在空中行走——
你知道我已經會一半了。
如果你敢，跟我跳舞：
請教我跳華爾茲。
請教我很慢很慢地跳華爾茲。
教我如何放手。
教我你知道的一切。
請教我跳華爾茲。

當我頭髮白了，八十二歲，
後悔著我從未做過的事情。

我可以說，我和你跳舞：
你教我跳華爾茲。

放下提琴。放下琴弓。
我還站在壁花牆邊：
我們會很甜美。我們會很慢。
教我跳華爾茲。
請教我跳華爾茲。

有時候，我們在禪室慢走、冥想，一步一步慢慢地，用我們的腳底將我們的心智意識安穩下來，我會問：「有人知道某首歌嗎？」有人會開始唱〈困難的時光不再來〉（Hard Times Come Again No More）或〈我們終將克服難關〉（We Shall Overcome），唱歌的女人曾是密西西比州自由戰士（Freedom Fighters）成員，一如每個人，都有對自己而言很重要的歌。他們唱著歌，我們繼續一步一步往前走。

一整天，在深沉的靜默中，我們和自己的意識與心智角力。我們都明白，我們都是壁花，害羞、破碎、和人心人性更為接近、更真實。當莎琳的聲音充滿整個房間，說出我們身而為人的人心人性時，我們感到某種釋放，可以放鬆、接受、更深地墜入自己的內在，然後找到啟發。如果我活到八十二歲，我會想要做些什麼呢？

莎琳想要找個「新鮮」的練習的同時，家庭生活也陷入新的痛苦中。多年來，她都在一所推動特殊教育（自閉症、唐氏症、聽力障礙）主流化的學校計畫中當娛樂領導，因為經費減縮，她的工作從每週五天變成每週一天、兩天、三天或四天。每週不同。他們會一直等到她週一到學校之後，才會告訴她那一週的時刻表。很顯然地，這樣的做法令人發瘋，非常不尊重她。感覺上，他們根本就是在故意製造障礙和困難，想讓她知難而退。他們希望她辭職，因為她資歷深，是學校敍薪最高的老師。

四月的工作坊裡，她寫到每週面對工作的痛苦和不穩定。同時，她對這些年來的學生也有責任感，不想放棄他們。在她的書寫中，她不斷重申：我不會辭職。他們必須辭退我。

同時，她很驚訝地發現自己也在寫快樂的童年夏日回憶，一家人在夏思它湖（Lake Shasta）度假。

童年最棒的禮物之一，就是全家度假、游泳。每年夏天兩次，我們開車到夏思它湖，在碎石岸邊露營四、五天。在那邊，我在清新的水中、在豔陽下游泳，到處都是水。我學會游泳之前，就在河底泥沙中爬來爬去，穿著橘黃色套頭救生衣、游泳衣和一雙涼鞋，保護我的腳，不被石頭割傷。我在湖邊泥裡爬行，一半的身體在水裡，一半在外面。

等我大了一點，不適合在泥裡爬之後，我在艾爾．喜里多游泳池正式學游泳。我很會飄浮，把臉浸在水中，或是仰式飄浮。但我在夏思它湖的度假，才是真正的快樂泉源，當太陽升得夠高，湖水開始溫暖了，我們沒有別的事情可做，只能游泳，在水裡玩，坐在船的漂浮椅墊或氣墊上漂來漂去，輪流照顧繩索或在船後頭滑水。爸媽必須喊我們回來吃午餐，麵包上面塗著已經融化的花生醬。爸媽必須強迫我們不要立刻又回到水裡去。他們強迫我們穿上恤衫，遮住曬傷了的皮膚，好好坐著，讓他們在我們肩膀和背上塗抹乳液。恤衫在水中，又皺又黏在身上，口袋又溼又冷，害我們無法享受溫暖陽光照射在皮膚上的感覺。

第二週結束了。直到夏末，我都不會再見到這些學員。

我很意外看到莎琳蹦蹦跳跳地來參加八月中的第一次聚會，充滿活力，明顯地快樂、完整。

我愚蠢地問她：「你辭職了嗎？」

「沒有，情況還是一樣，但是我有一個新的練習了。我去岸鳥自然中心下面的一個小海灣，柏克萊碼頭游泳，我在鹽水裡游泳。」

「鹽水？」我看到她這麼滿足，感到非常驚訝。

「鹽水就是海水和流到出海口的河水混合在一起。我游泳的時候，可以看到附近公路上車子經過，我也看到蝴蝶、海鷗、鴨子，有一次甚至看到一頭鹿。我把背包放在自然中心，毛巾放在大石頭上，鞋子放在旁邊。」

我感到迷惑。「你怎麼去呢？」我知道她不會開車。

「我搭兩趟公車，總共需要五十分鐘，游泳二十三分鐘，在公廁裡換衣服，再搭十分鐘公車去上班。我把游泳衣穿在衣服底下，帶一套換洗內衣和一件工作用的襯衫。我通常走到水深及腰的地方，然後開始自由式游泳。」

莎琳沒有將「接受自己悲慘的工作狀況」，或「在心中對上級保持慈悲心」當做練習——長久以來，我們誤以為這些才算是練習。她記起自己喜愛什麼：在夏思它湖游泳，然後用這一點當作練習。她沒有設法改變一個無法改變的情況。她把練習建立在樂趣以及深刻的努力上。上班前，坐這麼久的公車去游泳。

你不知道練習將把你帶到何處。二〇〇九年，《紐約時報》有一篇文章談到一位女士妮娜・山克維奇（Nina Sankovitch）決心每天讀一本書，並在自己的部落格寫書評。她根據某些規矩來建構她的持續練習：越精確越好。所有的書都是她以前沒有讀過的，每本書的作者都不同，因為現實的限制，大部分的書都只有兩百五十頁到三百頁，或是更薄。

她說，沒有任何一天感覺像在做苦工，除了樂趣之外，她希望啟發別人，讓別人也喜愛閱讀，但是她特別選擇這個練習，是想要度過妹妹過世的哀傷與心靈探索。

這篇報導說，她的計畫只剩下不到三個星期了。一旦一年期滿，她可能好一陣子不會再讀一整本書，但是你能想像這樣的一個練習嗎？它一定會改變你。妮娜以前是環境律師，現在戴著一條項鍊，墜子裡面是一張小圖，圖上是一個男人坐在馬桶上讀書。

持續的練習極為激進，這不會是舒適的習慣，不是你根本不會注意到的那種習慣。即使是最簡單的練習，只要你持續地做，都將會是一個挑戰，都將改變你。即使你選擇了原本就極為喜愛的事情，當你給它一個結構的時候，遊戲就不同了。

練習好一陣子之後，如何保持新鮮感呢？做一些小小的改變。你可以靜坐三十分鐘，而不是二十分鐘，每週四天而不是五天。在不同的地方靜坐。

長期練習的妙處在於它建立的經驗；你可以在位子上坐得更深沉。困難則是你可以只是虛應故事，不再有內在的努力，缺乏活力。

某次的避靜寫作營叫作「亂寫之心」（Doodling Hearts）。我請詩人米莉安・塞根（Miriam Sagan）來當關係導師，坐在全班前面。有人問她，在長期關係裡，你已經瞭解一切，覺得無聊的話怎麼辦？

她說，那是你的第一個錯誤，你以為你瞭解對方，可是你並不瞭解。我們以為我們擁有他們，把他們放進盒子裡，然後我們說，沒有什麼事情發生。請仔細注意，練習，我們無法擁有或瞭解任何人。不要等到他們離開了，你才大吃一驚。

兩天前的晚上，一位禪修朋友知道我正在寫關於「練習」的章節，馬上問：「你是指靜坐和慢走的練習嗎？」

不，我說。靜坐和慢走並不適合每個人。

十二個步驟的戒酒課程可以給人強壯的基礎，你說出自己的心事，然後傾聽，沒有交談，沒有回應。有人登記負責煮咖啡，有人收捐款，自然而然地，你學會了這個模式。你不能把政治牽扯進來，你是匿名的。

聖約翰大學（St.John's College）的「偉大書籍」（Great Books）計畫是令我驚喜的練習機會。現在安納波里（Annapolis）、馬里蘭（Maryland）和聖塔菲都有了。他們有東方研究的碩士班。我挑戰碩士班主任克里斯曼・凡卡太須說：「你們就是讀亞洲書籍囉？沒有靜坐，沒有練習。那會有什麼好處呢？」

「我們的練習就是傾聽每個人。靜靜坐在演講廳裡讓大家表達他們的想法和意見，即使當他們的想法令你生氣時也是一樣。」

我感到印象深刻。下一次聽演講的時候，我就來練習這一招。演講主題不是東方書籍，而是《李爾王》（*King Lear*）。

一開始，我幾乎想撲過去攻擊坐我對面的那個女人，還有那個坐在她對角線的男人，這兩個人都說了些我無法苟同的話。我非常喜愛《李爾王》，心中充滿熱血，還記得二十三歲時修了一整個暑假的《李爾王》，這四十年來，心裡都還懷著當時學到的見解。我不要任何人弄亂我的信仰，我簡直是一顆炸彈，即將爆發，在這股熱情中，克里斯曼的話出現了：「練習就是讓每個人擁有自己的想法。」

我大大地倒退一步，深深吸了一口氣，然後我傾聽了一位十八歲在家自學的年輕人、和一位環境律師、一位有著濃厚俄國口音的女人。在聖約翰，我們彼此稱呼博內特先生或高柏女士。硬紙板上寫著我們的名字，放在桌上，這個做法讓我們保持某種距離。我們的發言不是針對個人，也不要讓某人生氣。

我離開時，覺得受到啟發。《李爾王》有那麼多面向，比我原先想的更多，允許別人的想法進來，就等於是開展了自己的腦袋，容忍一整個房間的個人想法，讓我感覺世界好大，包容了一切，豐富而完整。沒有敵人，沒有鬥爭，傾聽的能力似乎是民主精神強有力的基礎。

你會想做什麼練習呢？要合乎實際，就像我們不太可能每天爬一座山。要精準明確：

多久一次？哪裡？何時？你可能想找一個朋友和你一起做練習，一開始的支持會很有幫助，可以是遠距離的朋友，你們可以用電話或電郵彼此聯繫，用一本筆記本作記錄。保持簡單，不要忘記寫下你跳過沒做練習的日子，擁抱你的做和不做，這都是你，也都不是你。

第二部分

「真正的祕密」避靜寫作營的要點

召喚所有的飢餓心靈，

無垠的時間中，所有的地方！

漫遊的人，口渴的人——

我給你這個作者的心智。

召喚所有的飢餓心靈，

所有的迷失之人，被棄之人。

飢餓的你，口渴的你，

你的喜悅與你的哀傷都屬於我了。

——取自《甜蜜之門》

（*Gate of Sweet Nectar*）並稍作修改

No.11 準備

在第二部分，我會跟你解釋「真正的祕密」避靜寫作營裡的各種大大小小的細節。我跟隨片桐大忍禪師在禪修中心的練習，非常重視細節，親身做一件事情，然後做另外一件事情，用身體體會一切：鞠躬、靜坐、清理坐墊、慢走、吟唱唸經、用第一個碗喝湯、用中間的碗和筷子吃沙拉、第三個碗裡裝著醃黃瓜。用熱水洗碗、把熱水喝下去（一切都不可以浪費）、用餐巾紙把碗包起來、放好。

「真正的祕密」避靜寫作營不那麼正式，但還是有些基本的規矩，或許你可以將這些規矩轉化，以協助你女兒做功課，或教你女兒如何談戀愛。

無論如何，我在這個部分告訴你這些，希望你能夠在你的人生練習變得更好。

我年輕時，去了很多禪修營，我父親問我：「娜妲莉，你什麼時候才會升級啊？」

我微笑了，或是皺眉了，或許大笑了吧，他說得有理。

我去了一個又一個的禪修營，越來越完整。

但是請記得，當你學這個練習時，你不只是為了自己，也是為了比我們更大的世界；我們可以透過練習延展擴大我，服務世界。

No.12 聖壇

我年輕時，隔壁住的人家姓卡羅西拉斯（Carosellas）。父母和孩子都有天主教聖人的名字，德蘭（Teresa）、方濟（Frances）、若望（John）、文生（Vincent）和安娜（Anne）。每天晚上，他們打開櫥櫃的門，裡面放的不是大浴巾、床單和小毛巾，而是玻璃做的蠟燭臺，放在蕾絲墊子上，和一瓶塑膠紅玫瑰，以及掛著一串唸珠耶穌塑像。他們一起做晚禱。他們會用到「神聖」兩字，「這是我們的神聖時刻」，一年四季，每天晚上，他們花二十分鐘，在聖壇前進行神聖儀式。

在馬貝兒．道奇．露罕之家，我們把教室變成禪修中心，用來做冥想練習。室內有黑色的椅墊，椅子沿著牆壁排好。我坐的位置後面是一個圓拱形壁爐，有幾個架子，我們拿來當作聖壇。一層架子上放著我們想要紀念的故人名字；另一層架子上，則是我們視為繆思的人的名字，我們為他而書寫；還有另一層架子，為需要療癒與特別關懷的人而設。

每週，上課的時候，我在聖壇上放一張俳句大師正岡子規的照片。他肢體殘障，必須把自己的身體拖到塌塌米邊緣，看著花園，整天坐在那裡，等著俳句出現在他的腦海裡。

對正岡子規而言，創作就是警醒的靜止，他的覺知創造了俳句，也創造地球運行至當下時的可生動感，這往往非常微妙，你甚至不知道發生了什麼。請看他寫的這一首：

雞冠花朵們
一定有十四朵了
或是十五朵

這首俳句的涵意是什麼呢？或許他無法接近，未能好好數一下雞冠花的數量；或許表示他夠在乎，以至於連雞冠花有幾朵都在乎？或者是接受腦子的不完美，十四或十五朵，他不確定。這種簡單的專注改變了實相，以致於正岡子規被視為現代俳句的祖師爺。若非他「白描生活」的書寫原則，觀察身邊實相，俳句或許早就消失了。他三十五歲就死於脊髓結核，但他對花園的關注使俳句活了過來。做得少，但有意義，也可以成就很大，我記住這一點，並要學生向正岡子規勇猛的心致敬。

很多年前，我邀請寫《樺木果實》（*Seeds from a Birch Tree*）的克拉克・斯特蘭德（Clark Strand）來班上演說時，他送了我這張照片。他為每一位學生寫了一首俳句，我還記得其中一位學生，十分珍惜自己得到的那首俳句，她很會編織，前一個星期，她的兒子才剛剛入獄。斯特蘭德為她寫道：

牆壁消失了
時間變成了毛衣
送給了兒子

我也在聖壇上放了艾倫．金斯堡（Allen Ginsberg）的照片，黃色木質相框裡，他穿著白襯衫，盤腿靜坐，臉上漾著神祕的微笑。他是我們本週針對「原真、誠實」的靈感繆思。一九七四年，他寫了一篇文章，標題為〈擦亮腦袋〉（Polishing the Mind），內容是將心智研究與詩做出連結。當我讀到這篇文章時，我明白自己已找到了書寫之路，我要記錄並建構一種練習，別人可以依循這個方法書寫，並經由書寫覺醒。在我的心目中，艾倫．金斯堡是書寫練習的祖師爺。

有時候，我會帶我敬愛的祖母的照片去，她不是什麼了不起的人物，但她在我心中有份量。我鼓勵學生帶重要的照片來，大概是因為聖壇上出現了太多狗狗照片了，我告訴他們，書寫是人寫給人看的，但他們有他們的說法，我只好讓步。羽毛、骨頭、石頭、八月的小小硬梨子和春末的李子也會出現。

很多年前，一個當老師的朋友朗・麥卡用廢棄木頭做了一張小桌子送我。七零年代中期，我們一起在道斯鎮的嬉皮學校達那哈茲里（Da Nahazli）教書，那時還叫作黛特（Deirdre），後來成為藏傳佛教名師的佩瑪・丘卓（Pema Chodron）也在那兒教書。我用這張桌子紀念朗，也紀念那個時代。在家裡，我用這張桌子當聖壇的基座，上面放了一張照片，是我在聖塔菲住了六年的房東，露易絲・泰企特和珊蒂・菲爾曼，她們都已經過世了，其中露易絲是新墨西哥州第一位醫學院畢業生，十七歲時也是全州的網球冠軍。聖壇上還有一張我母親過世前的照片、父親正在研究我送他的畫像時所拍的照片、一個被我漆成藍色的木質猶太五角星星，這個星星曾經被放在我的禪師，片桐大師即將火化的松木棺材上，還有，也放了從明尼蘇達州菸石鎮（Pipesone）買的石質菸斗。還有一張照片，是釋一行和片桐大忍，一起站在明尼蘇達州禪修中心後一棵大榆樹前，兩個人看起來都小小的，有點迷失，好像兩位亞洲難民在一個奇怪的國家。我在寫《心靈寫作：創造你的異想世界》時，租了一間舊泥屋，在那裡撿到的一顆很大的綠松石，和一個小的銀碗，裡面有一顆珍珠，這是學生芭芭拉・摩根送我的，因為我在課堂上常常說：「讓你的腦子保持滑潤，像一顆珍珠在銀碗裡滾動，書寫時不要被卡住了」。桌上有一個圓形灼傷的痕跡，是某次我用錫罐點蠟燭，然後整個忘記它而造成的，很幸運地，桌子沒有被燒掉。聖壇上也有三個絡子（譯案：日本和尚戴的布袋），一個疊在另一個的上面，這是我這些年來得到的禪修飾物，其中一個來自片桐大師本人，當時是一九八〇年三月一日，我宣誓當俗家居士，十年後的同一天，片桐大師過世。（譯案：這裡原文可能有誤，片桐過世是一九九〇年五月一日。）

老實說，長年以來，我都有個聖壇，但是不太理會它。我在家裡走來走去，總會經過，就像滲透作用似的，不知不覺地，聖壇進入了我。為你的孩子、他們寫的第一首詩、他們的乳牙做一個聖壇吧。我的朋友安・費爾摩研究密西根州北部的美國原住民傳統，她的家裡到處都是聖壇，連馬桶上都有，彩色羽毛、乾燥花朵、彩色玉米和貝殼，我不知道這是否和她的研究有關，還是因為她就是這麼一位狂野、有活力的女性，深深地愛著這個世界。

為亡者、豐收、冬季、出生、高中畢業、父母離婚、婚姻、愛馬、初吻、樹木、終戰設立聖壇吧。你可以把整個家到處都放了讚頌、回憶、崇敬、接納、原諒的物件。沒有空間了嗎？我們必須到門外的大自然裡，大自然就是最偉大的聖壇。

No.13 時間表

有個修習的結構（structure），讓我們的學習生活、心智意識與書寫有個秩序，非常重要。如果有整天的時間可以書寫，我往往根本不寫，或是一直到了下午四點才坐下開始寫。我很少有一整天的時間書寫，但如果看一下我的行事曆，我是可以把書寫時間也寫進去的：週二早上五點到六點有時間書寫，記下來，時間一到，就坐下書寫，就像你不會為了行事曆上看到某個時間要去看門診而爭辯，你去就是了。你甚至還可以記下你將在哪裡書寫——廚房桌上、後院、某家咖啡屋——於是你沒有多少討價還價的空間。開始吧！

結構的目標是學習將它內化，因此可以好好運用一整天的時間，而不需要僵硬地遵守計畫，進而學習在活動和休息二者之間找到平衡。不斷地做這做那，會讓你感到疲憊，甚至不知道你要寫些什麼或說些什麼。儘早學習一個結構，讓它幫助你創造某種能力，甚至從中得到樂趣。這是你的人生，不要搞砸了，你無法重來一次的。

我們想要對這個國家的貧窮、苦難、不公不義盡力，同時花時間和我們的親友相處，那其他國家呢？整個地球的幸福呢？我要如何盡力協助？這一切很可能讓人不知所措。然而，結構能帶來一種清晰，能帶出一些想法，讓我們碰觸到存有的基礎，教我們如何往前，不致渙散。

全職或兼職工作都可以提供結構。不要抗拒你的工作，反之，好好運用它，使它對你有益。你可以一大早醒來做練習，我有很多學生，則是在午休時從事限時書寫或慢走。建構好的結構會很有幫助，也可以利用一天工作結束時的疲憊時間來書寫，趁你已經累壞、沒力氣抗拒時，立即進入更深的層次。

「真正的祕密」避靜寫作營的時間表可以運用在十個人、兩個人，甚至一個人身上，七〇年代早期我剛剛開始練習時，我會做每天的時刻表，然後自己一個人照表操課（那時，我就只是靜坐，沒有書寫。如果當時也包括紙筆，那該有多好。不過，還是很棒）。

請注意，時間表從早上開始安排，但不會太早，我發現一大早的時候，學生都很累，腦筋根本轉不過來。不過，腦筋不清楚也可以是一件好事，你會打開自己，但是深沉的休息也能打開心智。

下午有自願選修的閱讀小組，這個閱讀小組是書寫練習的基石，有機會和一群人坐下來，練習朗讀，但不作回應。你只能朗讀你這星期寫的文字，不可以是你過去五年一直在寫，已經寫好的三百頁文稿。這個設計就是要聽到你當下、赤裸、沒有編排的聲音，學習接受它，支持它，而不是像平常那樣，到處尋求別人的誇讚或批評。我不覺得任何人能夠真正自在地朗讀，但這就是朗讀的迷人之處，這個練習是生動的，當你感到赤裸裸，代表你沒有在躲藏或遮掩什麼。當沒有出於禮貌、謹慎、把關，書寫會成為你真正的生命，我做書寫練習已經三十五年了，朗讀的時候還是覺得有著自己被曝露在眾人面前的不自在，如果朗讀不再為我帶來一點不適，那我大概是已經死了。

通常，在志工報名表上登記了當天帶領朗讀小組的人負責帶領。領導人只需要掌握進行節奏，選擇朗讀者——每一位想要朗讀的人都有機會朗讀——然後停頓一下，再選下一位朗讀。如果你遲到了，就在外面等，等到正在閱讀的人結束了才進來。一旦進來了，就不要提前離開，可以只聽別人朗讀。通常，新學員需要一點時間建立勇氣，如果學員一整個星期都不想朗讀，沒關係。即使是在課堂上，也沒關係。

當然，我們會強調匿名，我們傾聽，是為了研究心智意識，看它如何運作。我們的心智意識全都有相同的原則，只是細節不同而已，沒有所謂的好或壞。我們傾聽，不是為了聽八卦，腦子越是接受別人朗讀的內容，我們也就越能接受自己的聲音，進一步地，接受整個世界的聲音。

就是在這些團體中，凝聚力產生了，你聽到別人的痛苦和困境，產生了慈悲心。我帶過的團體中，每一個團體裡都有人曾經失去過孩子、被強暴過、被配偶背叛過、失去所有的財產、房子被一把火燒了、有酗酒的父母等，聽到別人的苦難會鼓勵你把自己的苦難也讀出來。同儕情誼形成了，你不再孤單，第一個晚上，你可能以為某人擁有完美人生，或是認為整個團體過於中規中矩，都是中產階級人士，舉止太合宜了，但結果經過一個星期，你聽到他們的書寫，發現一切都不是這樣。某次避靜寫作營結束禁語之後，一位黑人女士把我拉到一邊說：「老天爺，白人真是受了很多苦」，她不可置信地直搖頭。

「真正的祕密」避靜寫作營通常從週一晚上開始，週六的午餐後結束。雖然結構上已經有些改變，但仍然是根據禪修的古老基礎而設計。禪修歷史悠久而不衰，值得信任。時間表可以修改，以適應一個週末或一天，甚至半天的避靜寫作。這個彈性讓學生得以將此經驗移植到自己的日常生活中。在這裡，我寫下完整的全程，讓你在創造自己的時間表時，能夠瞭解其中的基本結構。這會很有幫助。

◎「真正的祕密」避靜寫作營：靜坐、慢走、書寫

星期一

6：00－7：00晚餐

7：15在禪修中心開會

每日時間表

7：30—8：00靜坐（自由選擇）
8：00—9：00早餐
9：00—9：30休息
9：30—12：00靜坐、慢走、書寫
12：00—1：00午餐
1：00—3：45休息（睡午覺、慢走、靜坐、個人書寫皆可）
3：45—4：30朗讀小組（自由選擇）
4：30—6：00靜坐、慢走、書寫
6：00—7：00晚餐
7：00—7：30休息
7：30—9：00靜坐、慢走、書寫

星期四

午餐—8：00自由活動（有機會帶著覺知去逛街、在咖啡館書寫等等）
5：00—6：00朗讀小組
8：00—9：00（回到禪修中心，靜坐一小時）

星期五

正常時間表

晚上放影片

星期六

7：30—8：00靜坐（自由選擇）

8：00—9：00早餐

9：15—11：00靜坐、慢走、書寫

11：00午餐

根據季節調整活動內容是我們的傳統。如果是八月的避靜寫作營，星期五下午我們會去格蘭德河安靜的順流漂下；如果是十二月的寫作營，我有時會安排大家開車四十五分鐘，去潘納斯哥鎮的糖果精靈咖啡屋，坐滿整間咖啡屋，點了甜點，安靜地書寫一小時。這家店的老闆是一位禪師，能夠瞭解我們在做什麼——她不會期待我們說話。這段路很美，一路開去的時候（我們大家擠一擠，只開幾輛車），我們練習「就只是看」，有時山上還會下雪——加分。

星期四，學生甚至有機會去購物。我要求學生買東西之前都要先做三次深呼吸。如果他們決定進城去（走路就可以到），我要求他們全程保持安靜。「不要浪費你逐步累積起來的能量。」

時間表的第二頁有簡單的註記：

提醒：

1. 星期二早上醒來，就開始禁語。
2. 早上、下午和晚上的課程開始時，請務必準時。用右腳踏入或離開禪修中心。
3. 可以在聖壇上的碗裡留字條、問問題。
4. 星期二早上帶著牙買加．金凱德（Jamaica Kincaid），星期三下午帶著吉米．聖地牙哥．巴卡（Jimmy Santiago Baca），星期四早上帶著薇拉．凱瑟（Willa Cather），星期五早上帶著賓牙凡卡．威拿納（Binyavanga Wainaina）。事先標出你想朗讀的部分。
5. 星期五晚餐前，聖日禮拜（譯案：Shabbat，猶太人的禮拜日是從週五黃昏到週六黃昏，週五黃昏有一個儀式開始禮拜）之後，大約六點半，解除禁語。星期六醒來之後恢復禁語，直到早上十一點，結束禪修中心的課程。
6. 進入禪修中心時，請脫鞋。

7. 可以在住處做瑜伽。

守時代表尊重，用右腳踏出或離開禪修中心是覺知。你匆匆忙忙趕到禪修中心，想要準時；現在你已經到了，停頓一下，用右腳踏入。

第四點指的是我們事前指定的讀物。我要求學生閱讀時，標出自己喜歡的部分，當我們聚在一起時，可以分享這些段落。我們在課堂上一起討論這些書，一開始先指出這本書的結構，辨認作者如何建構他的故事。

第五點，聖日禮拜指的是很短的猶太儀式，點蠟燭、喝葡萄汁（寫作營禁酒），分享一片猶太人吃的辮子形狀的麵包，迎進和平，放下這一週遇到的任何問題。用這個西方傳統結束禁語，是很甜美的經驗。這是很久之前，我住在喇嘛基金會時，跟猶太教長查曼・查赫特（Rabbi Zalman Schachter）學的。我發現非猶太人也很喜歡聖日禮拜的儀式。我有猶太血統，但是童年時沒有接受猶太教育。我要如何解決禪修和猶太宗教之間的差異呢？我不解決，我也是禪修者，也是猶太人，二者互補。我的整個人生因此更為豐富了，我的學生亦無需改變宗教信仰或傳統習俗才能參與，他們還是自己，只是變得更有活力。「月亮映照在水面上，不會把自己弄溼了。水也不會因為月亮的倒影而破裂或受到困擾。」永平道元禪師如是說。

No.14 定向：第一天（靜坐）、鞠躬、任務表、三餐、會談

靜坐時無需虔敬，要對內、外在、對自己、對周遭一切保持活力。冥想不是神聖或放空發呆的機會，而是甦醒，不管是對世界上的苦難，或是對你的膝蓋或感冒疼痛甦醒過來，都要去感受那感覺。當記憶升起，想想這個記憶從何而來？要往何處去？誰在思考？努力，不可以偷懶。

1.第一天（靜坐）

最近的一次冬季「真正的祕密」避靜寫作營的第一天，下午休息時，我請學生到戶外靜坐五分鐘，然後慢走十五分鐘，接著雙臂下垂，靜靜站著一分鐘。當時是十二月中旬，戶外只有十九度，我要求他們在下午正式上課的靜坐半小時之前，先做這些練習，不是去體驗天氣有多冷，而是要讓整個房間在靜坐之前先活起來。一個學生面對齊德卡森公園的公墓坐著，她帶著鬧鐘，因為她害怕自己的臉會凍僵了，或是她會賴皮逃跑。即使酷寒，

我還是可以感覺到第一天的這個下午有某種沉悶的順從，是的，靜坐，是的，慢走，但是學生像行尸走肉似地，很多人前一晚才抵達，還有時差，或被乾燥的嚴寒、廣闊的天空震攝住了，這個簡單的分享將提醒他們自己的存在，重新活化他們的能量，當鈴聲三次響起，開始半小時的靜坐時，我們會更警醒、更安穩、更存在當下，無論肩膀是否疼痛、我們是否還在想著最近過世的父親，或是覺得呼吸像野馬般的，永遠不會被馴服。

2. 鞠躬

第一天，時間表還顯得陌生新鮮，鞠躬顯得很尷尬。「靜坐和慢走之後，我們把雙手放在身前，鞠躬。你不一定要這麼做。尤其如果違反了你的宗教信仰的話。」（我開了一個小小的玩笑，沒有人笑，大家這時還很緊張、陌生）。

鞠躬是安靜的正式招呼我們自己以及房間中其它靜坐的人。

「如果感覺不對勁，請不要做。」

3. 任務表

同一個晚上，學生登記自己想做的服務：

點蠟燭
熄滅蠟燭
裝水
幫禪修中心掃地
掃走廊
領導靜默的朗讀小組
為七點半靜坐搖鈴
當宣告者

宣告者是新增的職務，每堂課結束時，宣告者就會說：「提醒各位，為自己也為別人，請保持靜默。」大家都聽進去了，似乎很管用。

我跟學生說：「無論地板看起來是否很乾淨，你覺得不需要掃，如果時間到了，該掃就掃。忘掉那不斷批判的腦子。」我停頓一下：「如果我們不斷評估，就寫不出一個字，把腦子掃乾淨，閉上嘴，就去做。這是一件愉快的事情。」

在物質世界深耕自己是很愉快的事情。以前，我在學禪的時候，總是很快樂地報名洗刷廁所，我像瘋了一樣的用刷子刷洗。最近參加了十日禪，我也被指定負責清潔廁所，我用海綿擦洗手台，用噴劑消毒門把，換衛生紙捲，我失去了時間感，憂慮的我根本就不存在了，只剩白色瓷臉盆的光亮、拖把手把的質感、地上瓷磚的方形。

「真正的祕密」寫作營沒有廁所清潔任務，真是我的學生損失了。

4. 三餐

俗諺說：「我們就是我們吃的食物」，但這句話卻無法表達我們也是我們進食的「方式」。我認識一位佛教法師，他在一個小小的東南亞寺院待了很長的時間。他們每天只吃一餐，故你可以想像，吃飯時他有多餓。他的老師告訴他，前三口飯要咀嚼五十次，你可以想像他面對的問題：飢餓對抗覺知的專注力，如何調節你最原始的驅動力？每個學生每天都和老師有一次談話，老師的第一個問題就是：咀嚼了幾下？

或許我應該，但我對「真正的祕密」的學生並不如此要求。我們在餐廳的窗沿上放著簡單的進食祈禱文，學生可能去拿一張，也可能不拿。學生拿到座位上，用餐之前要靜靜閱讀，這個練習提醒他們停下來，感恩，記得眼前的食物有多麼深遠廣闊。

簡單的進食祈禱

1.我們記得：

我們有食物可吃，有些人卻沒有

我們有彼此，有人卻孤獨一人

2.供養：

所有的惡魔與飢渴的鬼魂啊

你們的欲望永不厭足

與我們分享

和平相處吧

3.從神祕的源頭而來

我們和維持我們生命的物質在這裡

覺醒、進食、擁抱、睡眠

我們走在空曠的天空中

4.我們感恩有這些食物——
經由許多人的努力而來
和其他生命一起分享

習慣上，食物供養是在午餐時進行。我告訴學生把一小片萵苣、一顆雞豆、一顆扁豆放在盤子邊邊，吃完午餐後，把這些供養的食物放在樹下或花園裡。「請不要供養香煎起司三明治、鹹派、整顆的醃黃瓜、菠菜派、餅乾」，我開他們玩笑。我們的內心都有飢渴的鬼魂和惡魔，用這個簡單的動作包容他們，希望能夠平息他們的痛苦。

第一段和第三段來自喬安·薩德蘭德寫的《開放資源佛經》（*Open Source Sutra Book*）。我們之中，許多人曾經覺得被排斥，或孤單寂寞，或隻身一人，在這裡，這一點被包含在內了，被尊崇了。第三段很有詩意，吃飯的時候當然要有詩。「我們走在空曠的天空中」、和「神祕的源頭」擁抱，而不是單單堅持一個意象，好像我們知道並確定這一切來自何方似的。在練習中，或是當試圖逃避，溜出門口的時候，我們每個人都會遇到自己的源頭。

食物和用餐是個很微妙的平衡，如何享受進餐，卻不執著；如何吃得夠多，卻不會太多；如何維持養分，然後放手。

沒有特定有效的處方。在這個廣闊的區域裡，你必須尋找自己的道路。

5. 會談

寫作營的第二個下午，我會貼出公告讓大家登記會談時間，每次四個學生，晚上和我會面二十分鐘。我們先靜坐幾分鐘，讓自己安靜下來，然後每一位學生說說這一週的狀況，看看是否有問題要提出來。二十分鐘聽起來不多，但是直接談論問題，不多加寒暄。指定的學生帶領四人一組的學生慢走，從禪修中心走到會談的小木屋，大約有一條街的距離。如果我還沒結束上一組會談，下一組就在外面繞著木屋慢走等待。同時，除了在等待會談，或正在木屋中與我會談的人外，其它人都在禪修中心裡做練習。

我會搖一個多年前在內布拉斯加買的牛鈴，讓新的一組學生進來。

小組會談比一對一會談好，因為可以打破師生階級，氣氛也比較輕鬆，最重要的是學生有機會聽到彼此的心聲，從彼此身上學習。小組會談緩和了以老師為中心的結構，老實說，這樣對每個人而言都比較容易。

No.15 夢與躺下

馬貝兒・道奇（Mabel Dodge）繼承了家產，在紐約市有個藝術家沙龍。一九一七年，她來了道斯鎮（Taos），去了道斯山腳下的普埃布羅（Taos Pueblo）村，遇到的第一位男人走過來跟她說：「我認識你。」她看著他，發現自己還在東岸的時候夢到過他。這人就是東尼・露罕（Tony Lujan），後來成為她的丈夫。他是第一位和異族通婚的普埃布羅人，她成為馬貝兒・道奇・露罕。她把露罕拼成Luhan，以免大家總是唸錯。他們在普埃布羅村的邊緣一起建立了馬貝兒馬貝兒・道奇・露罕之家（Mabel Dodge Luhan House）。畫家喬治亞・歐姬芙（Georgia O'Keeffe）、攝影家安塞爾・亞當斯（Ansel Adams）、攝影家保羅・史川德（Paul Strand）、保羅的畫家妻子芮貝卡・史川德（Rebecca Strand）、作家薇拉・凱瑟（Willa Cather）、心理學大師卡爾・榮格（Carl Jung）、詩人兼作家琴・圖莫（Jean Toomer）、畫家約翰・馬林（John Marin）、畫家馬斯登・哈特利（Marsden Hartley）、詩人羅賓遜・傑佛斯（Robinson Jeffers）、作家法蘭克・華特

斯（Frank Waters）、作家瑪麗・奧斯汀（Mary Austin）以及其他人都曾經在這個屋子裡作客。馬貝兒希望這些人能夠體驗美洲原住民的生活，她覺得美國簡直是要完蛋了，希望這些藝術家可以跟社會溝通，呈現另一種的生活方式。屋頂浴室的窗戶是勞倫斯（D. H. Lawrence）畫的，因為原本沒有窗簾，可是他想要有一點隱私，他一向以性為書寫主題，竟然如此拘謹（譯案：勞倫斯就是《查泰萊夫人的情人》的作者）。聖克里斯托巴爾（San Cristobal）離道斯鎮二十七公里，馬貝兒在那邊有一座農莊，她用這座農莊換了勞倫斯寫《兒子與情人》（*Sons and Lovers*）的手稿，勞倫斯的骨灰就葬在這個農莊上，農莊現在由新墨西哥大學管理。

馬貝兒的夢超越時空，遇到了東尼，隨後創造出一整個新的環境，將近一百年後，我們用來做避靜寫作。

1. 夢

寫作營裡，我們不但可能作到馬貝兒的這種浪漫夢，也可能每天晚上面對許多困難的、醜陋的、富含訊息的夢，我也是這樣。到了第二天或第三天早上，我會問學生：「昨天晚上，有誰作了紊亂的夢？」我自己會舉手，大約三分之二或一半的學生也會舉手。別人舉手是一種安慰，那代表我不孤單，只是迷失在我自己的瘋狂世界裡（你可能確實迷失了，但是至少你不是唯一的一個）。

為什麼在避靜寫作營裡，我們會做這種夢呢？在靜默中，靜坐、慢走和書寫時的專注引起了潛意識的注意，告訴它：她在傾聽。於是，我們本性的天地裡的狂野心智所丟出來各種夠人的、殘破的、吶喊的性情，有機會被聽見了。所以，傾聽吧。這是個機會，放掉把時間、空間和存有給侷限住了的觀念。爬上冰墻，發現一個男人站在上面，手臂上插著針，頭上有一袋綠色玫瑰。這個夢境的含義是什麼？我不知道。你可能永遠無法完全理解其中的象徵意義，但是這個景象在呼喚你，要求你容納它。

至少，把夢境寫下來，當你寫下的時候，看看有何連結冒出來。如果有東西冒出來，跟隨它們、探索它們，然後放手。放手不是趕走它們，也不是把它們丟進垃圾桶，而是讓它們退到背後，成為你一路的支持。

我才剛剛參加了十日禪，我是學員，不是老師。我很驚訝地發現，我的靜坐十分平順，沒有多少困擾，沒有我執；如果有誘惑出現，都無法抓住我——喔，我注意到了，又是你，於是思緒就消失了、幻化了。但是，夜晚來臨，我很不想去睡覺，到了早上，發現床單都揉皺了。半夜裡，我醒來，躺好幾個小時看著天花板。我做了一個砍頭的惡夢，另一個惡夢是我同一週錯失了三次期限，把我的人生整個搞砸了，還有一個惡夢是我的生日前一天，沒有任何人祝我生日快樂。

前三天，我試著忽視發生的事，我非常享受白天的寧靜。但是，我終究得面對夜晚。如何面對呢？我必須包容夜晚，於是當我醒來，我抓起筆記本，把夢寫出來。這個禪修會不鼓勵書寫，大部分的靜心禪修會都是這樣，認為書寫是在逃避，是沉溺在創作中，因此他們要求大家把這一切都帶到靜坐和慢走中，在那裡面對這一切，然後放手。我是個乖寶寶，即使我自己帶禪修會時會包含書寫，而且我相信書寫，但是我在做正式練習時，會試著遵守其他老師的要求。這次禪修會，我打破了他們的結構，回到了自主的位置，知道我需要為自己做什麼。我靜靜地做，不跟別人說，不破壞基本結構，但是書寫協助我將身心安頓在更深的完整性裡，包括了惡魔，夜晚的電子動物。之後，當我靜坐時，我可以感覺到更完整的存在感，和友善的感覺。黑暗森林裡的夥伴們，這一整團令人無法接受的傢伙，都跟我一起靜坐了。我還能要求什麼呢？它開啟了我心智意識的界限，沒有限制了。

2. 躺下

知道如何躺著冥想真是一件好事情，有時候，我們生病、背痛、很多偶發狀況，如果我們可以躺著冥想，就還是有機會做練習。對大部分的人來說，除非是死於非命，不然我們離開人世時，就會是躺著的，我很希望我們可以一直練習到人生終點，你會在吸氣還是呼氣的時候過世呢？聽說會是呼氣的時候，還伴隨微顫的聲響。這會是你的經驗嗎？請留意並讓我們知道。

在「真正的祕密」寫作營裡，我們在禪修中心後面放了足夠的墊子，靜坐課程中，大約三或四位學生可以同時躺下。通常，老師會擔心，如果讓學生躺下，你會失去他們——他們會睡著，還打鼾。但是，我們提供墊子讓學生躺下已經十二年了，從來都沒有人睡著打呼，學生們選擇躺下，都有他們明智的理由，有時是出於好奇，有時是覺得很疲憊，需要打破原有結構。學習如何在疲憊中做練習，不是很好嗎？社會上有很多人都很疲憊，太逼自己，擔憂、期待又惱火，怎麼做，能讓我們隨時都可以躺下，與它們共處，體察自己的呼吸呢？或許你確實會打一下盹，但你會重新覺得活力煥發，當「躺下」成為練習的結構之一時，就不會成為睡衣派對或過夜派對，它會成為探索緊張、疲憊、臨終姿勢的一種形式，而不是對懶散投降。

No.16 打破靜默

如果你認為靜默很難，你會發現，當避靜寫作營結束時，打破靜默將更為困難。在活動進行期間，我們也需要打破靜默：有時我們需要打電話回家，看看孩子們是否安好，或問候生病、臨終的父母，但可以的話，保持簡要。身在寫作營和日常生活極為不同，所以當你打那個電話時，你切入了那個忙碌的生活，那股氛圍會經由空氣波動傳染給你。

彼此之間，盡量保持靜默，或是將溝通減至最少，用耳語或紙條傳達。以真正的用心，努力沉浸在靜默中，但不要當那個第三者，看到別人傳紙條或耳語就責備別人打破了靜默。我年輕時就花了很多時間批判別人，結果是心裡氣得要命。放手，專注在你自己的和平上，沒有人能夠打擾你。

寫作營將近尾聲時，回到說話的狀態可能是一項挑戰。這讓我想到了愛與慈悲的經書或是祈禱（註）裡的一句話：「願我擁有輕緩舒適的安康」，指的就是轉換的時刻，輕緩舒適，從一個時刻到下一個時刻，時時與自己連結，無論順逆起伏，無論有任何改變，都不

被無常動搖。我們不可能永遠待在工作室畫畫或書寫，甚至不可能一直工作；我們不可能一天二十四小時都在工作，我們必須停下來，搭公車回家，迎接家人、配偶、孩子，或是空空的公寓。

我們一旦進入禁語寫作營，不可能一直待在那裡。日子很快就過去了，不知不覺就到了最後一天，我們又必須面對另一次改變，雖然一路上都有很多改變，譬如從靜坐到慢走，再到書寫，然後到餐廳吃午飯，上床睡覺，醒來，以及情緒、思緒和感覺的改變等，但現在，面對的是從靜默到說話，即使沒有交談過，但我們卻已經很瞭解彼此，當我們保持靜默，一起練習時，其實開啟的是另一種層次的溝通，而且我們書寫，朗讀，深刻地感覺了彼此。

我和日本老師的禪修會結束時，沒有討論，沒有濫情，我們無聲地靜坐著，最後一次靜坐結束時，鈴聲響起，我們鞠躬。老師不發一語地走出禪修中心，爬上樓梯，進去他的公寓。學生走下樓梯，去地下室，穿上鞋子和外套，走出建築，走到街上。

註　願我快樂
　　願我和平
　　願我自由
　　願我擁有輕緩舒適的安康
　　願我安全
　　願我健康

一開始，我完全不知道如何控制一週以來在我體內累積的能量，結束時我簡直是瘋了。我一直說話一直說話，對丈夫說，對朋友說，下巴簡直失控。我有這個新的、美好的東西：說話。如果是夏天，我會三更半夜在空曠的中西部街道上騎腳踏車，冬天則是穿上雪靴，走到哈根達斯冰淇淋店，坐在窗邊，點一客咖啡冰淇淋，上面淋了熱巧克力醬，一口一口地吃。我看著窗外冰凍或下雨的街道，真是太美了，大家都不停下腳步欣賞一下嗎？

片桐大師因為癌症去世之前，我從他那邊得到的最後一次直接教導，是我們從愛荷華州（Iowa）新阿爾賓（New Albin）附近的寶鏡寺（Hokyoji）開車回明尼亞波利市（Minneapolis）的三小時。他坐在前座的乘客位子，我坐在司機身後的後座。那時，我們剛剛結束一場辛苦的禪七，每天早上五點起床，晚上十點在睡袋裡入睡。九月底的山谷，瀰漫著早到的冷霜，禪修中心是一個大的帆布帳篷。我們年輕的身體裡累積了大量的能量，當禪七結束，禁語解除，我們就沿著密西西比河開車往北走。每隔一陣子，車裡某個人會說些話，大部分時候，我都安靜地看著窗外。

片桐老師轉頭看坐在後座的我，「很好」，他說，「很好。」

我從不和這位日本老師有很多討論，但是仍然傳遞著彼此的理解。

我立即知道他在說什麼，我的轉變很平順，很安穩，沒有像剛被放出豬圈的野豬那樣瘋狂，當最後的鈴聲響起，有了改變，而我駕馭了這個改變。

「真正的祕密」避靜寫作營即將結束時的最後一晚，聖日儀式之後、晚餐之前，我們結束禁語，學生們似乎有說不完的話。餐廳有個小型圓桌被指定為靜默桌，如果有學生覺得受不了，可以到這一桌坐。沒有人去那一桌，也或許有人想去卻無法抽身，說話是如此令人難以抗拒，餐廳充滿喧嘩。

過去五年，晚餐後，我們會回到禪修中心看一段影片，這和我的亞洲老師教導我的那個年代多不一樣啊！影片的選擇很多，包括：《恍然大悟》（*Enlightenment Guaranteed*）、《強烈恩典》（*Fierce Grace*）、《我是你的男人》（*I'm Your Man*）、《山村猶有讀書聲》（*Être et Avoir*）、《滿腦子巴布狄倫》（*Tangled Up in Bob*）、《女人香》（*Scent of a Woman*）、《城市島嶼》（*City Island*）、《情人》（*The Lover*）、《更好的世界》（*In a Better World*）、《沉靜的美國人》（*The Quiet American*）、《黑色的星期天》（*Gloomy Sunday*）等等。這些電影很有建設性，也很有吸引力，能夠讓大家安靜下來，不再衝動得一直說話，可以填滿內在那個新生出來的空間——這個既令人振奮也讓人害怕的空間。看電影很有用，但還是不夠。

上個六月，最後一頓晚餐時，壓力逐漸升高。坐在我左邊的學生是一個我很喜歡的舊學生，她說話之多，好像整個海洋從她口中湧出似的，我必須極力控制自己，才不致於吃飯吃到一半，跳起身大叫：閉嘴！

我感到絕望，於是我站起身，以這個姿勢吃完晚餐，只為了跟這位學生之間拉開一些距離。

「娜妲莉，你為什麼站著吃飯？」她問，彎著脖子，抬起頭，終於暫停她說不完的話。

「喔，我背痛。」我撒了謊。

夠了，我想。我必須做些什麼。

下一次寫作營，我在禪修中心結束禁語之前做了這件事情：三人一組，當我搖鈴的時候，一個人說三分鐘的話。輪到你說話的時候，你必須停頓四次，放鬆身體，另外兩個人不說話，練習傾聽。我給每一輪一個主題。

好的，第一輪，說說這一週你最難忘的事情。

我在各組之間走來走去，一面聽著。

第二輪。這一週，你學到的、關於書寫的事情。

我提醒他們要停頓，呼吸。

第三輪。從這週的經驗，你對靜坐有何瞭解。任何相關主題都可以。關於進食、睡覺、呼吸、傾聽、慢走、欲望，這一週你學習到了什麼？

我提醒他們：當我們在餐廳打破禁語後，我們要對話。一個人說，另一個人聽，雙方都停頓，然後換邊説話。不要拋棄你這一週學習到的一切，不可以一個人獨白。

一個學生懇求我：「回家以後，要如何跟家人描述這個經驗呢？」

我的回答是：你不用描述，保持安靜，練習你學到的一切。回家去，問問妻子她這一週過得如何，然後傾聽。記得，書寫有百分之九十是關於傾聽，如果你善於傾聽，就會讓她品嚐到你在這邊學了什麼，她會心想：嗯，他確實學到了一些東西。

另一個學生説：「我是行政主管，我要如何把這一切帶回去呢？那麼多人催著我，要這個要那個，批評來批評去的，要求非常之多。」

我轉向他：記得我們剛剛練習的停頓，那些停頓讓你得以回到自己，呼吸，感覺自己身體的存在。

我下定決心，讓最後一次的晚餐有所不同。於是我有了另一個主意：我指定一位助手，每隔十分鐘就用餐刀敲一下玻璃杯——叮——即使話剛説到一半，我們都必須靜默下來，做三次呼吸。

打破禁語之後，頭十分鐘的吵雜喧嘩被打斷了。叮！忽然降臨的短暫靜默十分驚人，我可以在許多人的臉上看到震驚的表情：我們在哪裡？我們忙著説個不停，這一整個星期都被丟到腦後了。怎麼會這樣？第一次停頓之後，大家説話的方式安穩多了。我對自己小聲説：很好，很好。

No.17 覺知的七個態度

覺知表示覺醒、清醒。當我們身體移動時，我們是活生生的、專注的、接收的；不是易碎的、盲目的、沒有交集的、失去連結的、有壓力的、緊張的、興奮的，或至少，能夠覺察到自己的這些狀況，甚至對自己的狀況懷著慈悲。以下七個態度提醒我們，活在這個世界上的另一種方法，這是一種解放，讓我們脫離苦難。

1. 不批判（Nonjudging）
2. 耐性（Patience）
3. 初心（Beginner's mind）
4. 信任（Trust）
5. 無為（Nonstriving）
6. 接受（Accepting）
7. 放手（Letting go）

這七種屬性都是對書寫、靜坐和慢走有利的心態。也是面對下屬、上司、朋友、愛人、敵人的心態。這是你的姿態，但我們很容易就把它們忘了。把這個單子貼在冰箱門上。

第三部分

細節

解脫的長袍

遠遠超越形體與虛空的地方

穿著書寫練習的教導

拯救眾生

——稍作修改的禪詩

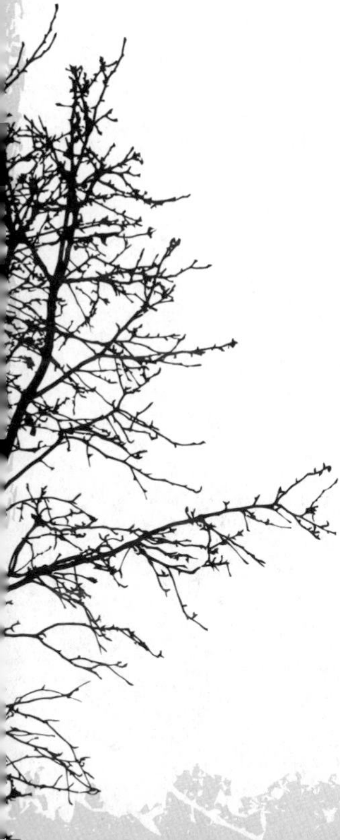

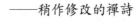

No.18 一開始

我要的就是：不要阻擋自己，把你的意志和想法放掉，讓更大的東西進來。

但是，他們會抗議，如果我想寫一本小說呢？

放手是最好的辦法。

尤其是一開始的時候，請將小說也放掉吧，至少兩年只作書寫練習，找出你真正的癡迷。寫小說得花很大的力氣、很長的時間，如果你能控制寫小說的能量，就有機會將限制人生的痴迷轉化為擴展人生的熱情。

不要用理性的想法來寫小說，例如：我要寫第二次世界大戰時一對戀人的故事。你會在空白紙張上寫下第一個字，開始寫第一句，然後跟自己說，我不想用這個字開始這部小說。你刪掉這個字，一小時後，你已經刪掉了十二個字了，根本不知道從何開始。

反之，從你那些奇奇怪怪的痴迷著手——威士忌、購物、美國內戰、北達科達州、德國汽車、貓咪、老房子或穀片，看看會發生什麼事。

但是，娜妲莉，好女孩應該這樣寫書的嗎？我甚至聽到我的祖母的聲音這麼問，她根本沒有書寫的渴望。

祖母，我不知道其他的書寫方法，你必須用任何方式流汗、死去、去愛、游泳、趕火車，我知道，這不是一個正在找丈夫的猶太好女孩應該做的事。原諒她吧，她可能永遠不會結婚。

例如，有個學生說，她只是要寫十頁關於她父親的文字。她不能坐下來開始寫嗎？

或許可以，或許不行。要試試看。

書寫是發現之旅。如果你想要生動的文字，試試看這樣做：用一週的時間，用十篇十分鐘限時書寫去描述你的父親，越瘋狂越好。如果你的腦子冒出洋蔥、卡車、海洋、吸管、黑色鞋子，不要抗拒，跟著思緒走，看看它們會把你帶到何處去，因為看起來不合邏輯的文字常常能把你帶到更深、更肥沃的土壤。還有，不要怕重複寫同樣的東西。

一週之後，重讀這十篇文字。時間會冷卻熱血，你將把你所寫的文字看得更清楚。當你和那些文字不再那麼緊密時，才發現那個當下所寫的文字發著光芒，非常顯眼。把這些文字抓出來，看看手上有些什麼。不發光的文字呢？那就放掉，我們的文字沒那麼珍貴；都不發光嗎？那麼下週再試一次。

發光的文字不夠？

好了啦。你知道你該做什麼：拿起筆，繼續寫。你必須實際地寫，而不是想著自己要寫，光有想法不夠，你必須採取行動。

同時，我們的人生自有其軌道。無論你如何努力地組織每一天，人生就是有它自己的佈局，有一個更大、或不同的結構透過我們在運作著。我在說的，可還不是什麼神聖力量哩！我們遇到塞車、下雨、雨刷壞了、兒子的老師要跟我們談話、門外有一朵玫瑰綻放了、超市的鮪魚忽然在減價了、頭痛、我們打開後門忽然憶起過世的哥哥、別人的需要、意外的電話、貓咪生病了，這些算是幸運的干擾。有些人則是遇到炸彈、地震、乳房腫瘤，或發現長達四十年的婚姻即將完蛋，因為某個早晨，你的配偶身上有香水味，卻不是你用的香水。這些都是每天可能發生的混亂。

同時，你可以回顧過去的五年、十年，看到某種秩序或某種因果關係，不論是你不再和某位老朋友來往，或是國家發生借貸風暴，都是其來有自，而非無端發生。

這就是很難拿捏的平衡了。我們需要下定決心，運用意志，真的拿起筆（或鍵盤）來書寫，但我們也需要同時知道，我們渺小的意志能做的其實很少。書寫的時候，讓白雲和太陽承載我們，心裡懷著肩膀痠痛、昨晚沒睡好、還沒付的帳單、兒子吹口哨的回憶……。不要排除任何事情，這樣一來，從最一開始，我們就是從一個更大的地方出發，我們可以讓這些事情餵養我們的書寫。與其光是想寫一部偉大小說，然後一改再改，不如讓你當下的人生支持你、告訴你該寫些什麼，不要抗拒心中的障礙。

兩週前，我教了一個書寫和瑜伽的工作坊，我長久以來的瑜伽老師蘇珊・吳爾希斯陪我去，我給了學生簡單的十分鐘作業——你想寫些什麼？

我自己也寫了，慵懶放鬆（或許是因為做了瑜伽）的書寫作業：

我沒有什麼特別想寫的主題，但是有一件事情確實對我很重要。那些年，還沒有人認識我，我開著小金龜車穿越尼布拉斯加，放下一切出走。我去了聖保羅（St.Paul）一年半，當時剛好《雷與電：書寫藝術解密》（*Thunder and Lightning*）出版了，我去幫了些忙。我住在格蘭大道的一間小公寓裡，離李維畫廊只有一條街。或許，那一年半正是我試著告訴他們關於書寫練習的範例：一開始，你有個想法，覺得自己要去某個地方，但當你一旦開始，卻完全不是那麼回事。

我去聖保羅是為了研究《寧靜之書》（*The Book of Serenity*）、幫人帶領一個練習課程、縫長袍、加入我日本導師的體系。結果我坐在一個餅乾很棒的咖啡館裡喝茶，開始寫《偉大的失敗》（*The Great Failure*），內容是我如何發現我的偉大禪師和他的學生發生性關係。我告訴學生，書寫自有其軌道，就讓書寫自己發生吧，而我也看到了，人生也自有其軌道，常常你去做某件事情，卻發生了別的事情。十一年後回想起來，我那樣過日子顯得完全合理，我寫作的時候，就活在美國禪學的黑暗底層，當時我並不知道我到聖保羅正是要面對這個。深夜，春天的黃色暴風雨擾我清夢，在無需負責敲五點報時鈴聲的日子裡，我睡到很晚才起床。

我們決定要做某件事情，最後卻常常做了別的事情。

我們如何到了這裡，或其他地方呢？許久之前，種下了一顆種籽，或我們在波士頓的書店讀了一本書，或一位朋友過世了，然後你忽然發現自己置身以前從沒來過的新墨西哥，這裡超乾燥，而你在寫著心底一直真正想寫的東西。你跟隨著人生的腳步，最後，道路會自動浮現。

如果你和書寫保持關係（而不是六年都沒寫任何東西），和書寫的朋友建立連結、閱讀、深刻傾聽，最終總會寫出你想寫的東西，但是大概不會是你之前想像的樣子。

做瑜伽的那週，我問學生好幾次，你怎麼到了這裡？一個好的書寫主題會有許多層次。我坐飛機，然後租了車子，沿著里約格蘭德河的峽谷開過來。你怎麼到了這裡？我母親在瓊斯海灘穿著黑色泳衣。她二十三歲，膚色很深，非常漂亮。她的頭髮染成藍黑色，綁成馬尾巴。我父親是救生員。你怎麼到了這裡？我祖母想要書寫，我也想要書寫，我們兩個都迷失了。

我們如何書寫？對我而言，那幾乎是個我遠遠聞到的氣息，在我右邊，地平線外的另一個地方，或在霧中，尾隨在飛快穿越肯薩斯州（Kansas）的火車後面的一個聲音。那輛火車運送著我心頭未解之事，我必須用我的筆桿追上它，拿回來，理解它們。

書寫像是魔法，非比尋常，但是我們必須拿起筆，跑在鐵軌上，抓住那個火車頭。決心和行動，以及徹底地放下，會讓我們回到那部小說，或關於父親的那個故事。

No.19 愛的故事

好，事情正做到一半呢，不要想，抓起筆和紙（或鍵盤）：去，一整個小時，說你的「愛的故事」。

某次避靜寫作營的第四天，我這樣要求學生，學生已經習慣了課表和禁語的節奏，而我現在卻要打破它。寫一整個小時？他們的表情好像才從水裡冒出頭來，眼睛睜得老大，下巴掉下來，然後抓起筆，整個房間發出沙沙的聲音。

當他們寫完了，有幾個人朗讀自己的作品：一個人寫她的三個丈夫，第二個丈夫胖達一百五十公斤；另一個寫她試圖分手的維吉尼亞州愛人，他喜歡打獵，甚至會使用弓箭，可是他好性感喔；另一個人寫蒙大拿州的土地，已經乾旱了三年，卻在夏季淹大水，她描寫她的丈夫因為全球暖化如此嚴重失控，離開大學的科學研究工作，現在，他幫人修車子，至少感覺較有所建樹；來自德州的一個男士寫他的新女友，她有兩個兒子，他還沒見過他們，他記得她的牛仔褲後面口袋插著一支牙刷；還有一個人寫她對風的愛，寫了十七段。

那個晚上，我問他們，我聽了這些文章，會覺得什麼事情很有趣呢？

我常常提出類似的問題。這從某個角度看實在很瘋狂，他們怎麼知道我在想些什麼呢？但如果你要研究某位作家的文字，你其實就是在研究他的腦袋。不是他們早餐喜歡吃什麼，也不是他們跟誰結了婚，而是他們思考的方式，他們在書寫中尋找些什麼？他們會對什麼特別有興趣、特別注意？瞭解另一位作家的腦袋在想什麼，可以協助形塑和磨練你自己的作家腦袋。這是我們學習和傳承書寫的方法。

大家非常安靜，腦子轉呀轉的。

一個新同學說：「噢，好啦，就跟我們說嘛！」

「不，如果你們自己想到答案，接收的效果會比較好。你的努力會讓你保持飢渴，在你的腦子裡創造空間來傾聽。」

我再度面對大家：「沒有人嗎？」

某人嘗試回答，結果差得遠了。但嘗試總是好事，讓你暖身。

最後，我說：「我覺得有趣的是你們通通都一直寫，一整個小時。如果主題是關於在紐西蘭長大，有著極為虔誠的父母和幾近完美的童年，你們也會全力以赴地寫出完整的故事。這次的書寫不像平常那些書寫練習，此刻，腦子沒有一直跳來跳去不斷改變主題。這樣的書寫練習讓你可以控制心智的力量，全力在一條路上奔馳，不然通常過了一小時，你腦子的思緒早就四處亂跳了。你們都看見了嗎？」

他們點頭。

「這次練習告訴我，你們已經安頓下來了。我對你們腦袋的結構感興趣，而不是對這些故事本身感興趣，雖然這些故事很好聽。所以，讓我們更進一步。你要如何延伸這個作業？告訴我一個關於什麼的故事呢？自己去延伸範圍吧。」

他們立刻有反應：

關於性的故事

喜悅

咖啡

失望

甜點

沙漠

惹很多麻煩

離開

種蕃茄

這張單子上，哪兩個主題和別的不同？

咖啡和種番茄。比較明確，比較指點了方向，覺察到差別，很好。

沒有人提到關於寂寞的故事，我在此加上。

書寫是社會活動。「再來啊，給我更多主題。」我一面寫下，一面說。

關於哀傷的故事

羞恥

覺得安全——有人開玩笑說，這個主題只寫得了三分鐘。

試試其中的一個主題，或是全都試試。

然後我抬頭，手上拿著筆：「很好。我的書的第二章。」我咧嘴微笑。

新學生不知道我在開他們玩笑。她說：「我也要偷你的點子寫我的書。」

「希望你這樣做。反正大家都已經在這樣做了。」

鈴聲響起。那個晚上剩下的時間，我們恢復禁語。

No.20 親吻

你想過「親吻」嗎？我敢打賭你一定想過，而且付諸執行。但如果你仔細想想，會發覺親吻是多麼奇怪的行為。如果你去羅浮宮，親吻蒙娜麗莎的臉，會怎麼樣？我們在做什麼啊？我們用嘴唇和舌頭做這件事，混合口水，碰到牙齒，貼著別人的臉和鼻子。第二次世界大戰結束時，一位水手在時代廣場抓住一位穿著護士制服的陌生女人，彎下她的腰，吻了她。我們瘋了嗎？鴨子看了會作何感想？蛤蠣呢？樹呢？

作家很愛描寫初吻。你呢？你能夠寫出什麼別人還沒寫過的？有些什麼可能性？

讓我們看看威廉．甘迺迪（William Kennedy）寫的《紫苑草》（*Ironweed*）。我從圖書館借了平裝本（我以前自己有一本的），在第一五五頁：

……他覺得親吻就像某種生活模式的表達，微笑也是，有疤的手也是。親吻可能從下往上，也可能從上往下，有時來自腦子，有時來自內心，有時只是來自

胯下。過了一陣子感覺才會消失的那種親吻，只能出自內心，且會留下甜蜜的味道；從腦子來的親吻通常是透過別人的嘴解決問題，根本不會留下印象。如果能夠結合從胯下和從腦子而來的親吻，加上一點點從內心而來的感覺，像卡崔娜的吻那種，可以讓你一生的感情大轉彎。

一開始的時候，甘迺迪寫得有些哲學性。他先將親吻分類，檢視脈絡，在跳進重點之前，先穩住陣腳。到底有多少種親吻呢？多麼美好啊！我們一面讀，一面猛點頭。然後甘迺迪設定了他寫作的主角，讓他在紐約奧巴尼（Albany）的木材堆上初吻。在以下的第二段文字裡，甘迺迪打破了一般的文法和節奏，正如親吻。沒有句點，就是一長段不換氣的句子。毫無保留。

請出聲朗讀：

> 然後你在基比家的木材堆上有了這樣的吻，從腦子、內心和胯下冒出來的吻，從放在你頭髮上的手冒出來，從尚未完全長大的乳房冒出來，從他的手臂緊緊抓著你的感覺冒出來，從時間本身冒出來，時間會記錄你能夠維持多久而毫不覺得無聊，多年後，除了海倫之外，你親吻任何人都會感到無聊；從撫摸你的

臉和脖子的手指（卡崔娜有那種手指）冒出來，從你抓住她肩膀的力道冒出來，尤其是抓住她背中間像天使翅膀一般的骨頭，從眨個不停的眼睛裡冒出來，眨眼是為了確定這一切還在進行中，而不是你幻想出來的事情，當你知道這一切是真的，就可以放心閉上眼了；從舌頭冒出來，老天爺啊，那個舌頭，你得問她是從哪裡學來的，從來沒有人能做得那麼好，除了已經結婚又有孩子的卡崔娜以外，卡崔娜有經驗，應該知道怎麼做了，但是安妮，見鬼了，安妮，你從哪裡學的？還是說你經常在這個木材堆上胡來？（不不不，我知道你從不這麼做的，我一直都知道你從不這樣做），所以像安妮這樣的女人很自然地就會從她身體的每個部分冒出來；還更多呢，從那張嘴裡冒出來，嘴裡都是新的牙齒，法蘭西斯現在看著這些牙齒，他還記得同樣的這雙嘴唇，但是已經不想親吻它們了，除了在回憶中之外（這一點也可能改變），他看得超越了嘴唇，看到這個女人存有的原點，這個原點讓他想起一切，不只是幾年的回憶，而是幾十年，甚至更多的回憶，整個世代的記憶，千萬年的記憶，他很確定，無論他和哪位女子坐在一起，如果有這種感覺，無論是在古早的洞穴中或是破爛房子裡，或是北奧巴尼的木材堆上，他和她都會知道，他們之間有些什麼，他們必須不再單身，必須在一起，互相承諾生命中再也不會有第二個人了（確實沒有第二個人出現了），兩人之間將彼此忠誠、彼此擁有對方、彼此守貞以及其他傻里傻氣的胡說八道，通常，人們用這些承諾毀了自己的腦袋，他們所說的話和時間的永恆無關，而是和兩人同時意識到彼此之間永恆的牽絆有關，呃，然後呢，兩個人，法蘭西斯和安妮，或是任何年紀的法蘭西斯們和安妮們，都會同時知道彼此之間發生了些什麼，讓他們不能再是兩個人了，他們必須成為一個人。

這就是那個吻的重要性。

一個半月後，法蘭西斯和安妮結婚了。

很多年前，我剛剛發現甘迺迪的這本書時，我在紐約、波士頓和威斯康辛州的麥迪遜的避靜寫作營都朗讀了這一段。最近，已經是十年後了，我在南卡羅來納州（South Carolina）的查爾斯頓（Charleston），在一群人面前再度朗讀。這就是從事所熱愛之事的教學的好處，你可以一再重複，直到它成為你身體和腦子的一部分，直到你不知道你是否就是威廉・甘迺迪，也不知道甘迺迪是否就是你。一切都變成流動的，娜妲莉・高柏的《戰爭與和平》（*War and Peace*）、娜妲莉・高柏的《包法利夫人》（*Madame Bovary*），朗讀時，你呼吸著作者的呼吸，在他們的腦海游泳。這就是書寫的傳承。

當我在南方那個有兩條河環抱匯流入海的小城，查爾斯頓，唸到這一段時，我幾乎拜倒，沒有句子結構支撐我，我幾乎倒在地板上，嘴唇先著地。僅僅是出聲朗讀就是一個很棒的經驗。

誰會注意紐約州的奧巴尼啊？甘迺迪住在那裡，推崇那裡，不只是把它寫進一本書裡，還寫進了三部曲。要書寫，你不需要住在巴黎、大索爾（Big Sur）或紐約，你居住城鎮的細節，便讓它成為「你的」地方。據說，奧巴尼是個衰敗的小城，沒什麼了不起，多數居民是中下階層，很多人失業。人行道上有裂痕，停車場很空曠，冬季漫長嚴寒。但現在，奧巴尼成為一個文學小城了，有部很棒的小說描寫了它，只因為甘迺迪描述了它的精髓和氣概，就讓我想看看奧巴尼，開車慢慢地遊逛它每一條街，一點也不要急。最好是在春季，最好是開一輛一九五九年出廠的別克大轎車，藍色的。

我確實飛到奧巴尼一次。我要去佛蒙特州（Vermont）的某家書店，而這是最快的一條路線，接我的司機是奧巴尼人，他讓我坐在前座。

開口啊，娜妲莉，我鼓勵自己：「開車之外的時間，你有機會讀書嗎？」

「不太讀耶。」他搖頭。他大約五十多歲，告訴我他有兩個孫子，妻子健在，還有兩個兒子。我聽他說大兒子失業，夏天時跌斷了腳踝，無法繼續開車了。

我故作不經意地問：「你讀過威廉・甘迺迪的書嗎？」

他的臉亮了起來。「沒讀過。」他搖頭說：「不過我知道他，我們都知道他。我們都感到非常驕傲。我應該找時間讀一讀的。」

我現在有真正的連結了。我問他小時候最愛去哪裡混，街道兩旁種的是什麼樹，他讀的中學是否有窗戶。我還問他，奧巴尼街上是否有很多醉漢？因為法蘭西斯，書中的主角，就是個醉漢，經常流浪街頭。我可以問任何問題了，因為我們現在處於文學和想像的領域，我的司機哈利也瞭解這一點，我們的對話有脈絡了。

作家可以如此影響你，讓你到了一個地方，卻對這個地方不感到遙遠陌生。你知道這個地方的內在世界，因此你充滿好奇。

甘迺迪花了很長一段時間，尋找願意出版《紫苑草》的出版社，但都沒有回音。最後不知怎麼，文稿落到了偉大的美國小說家索爾．貝洛（Saul Bellow）手上，可能是朋友的朋友的朋友吧，貝洛很慷慨地讀了文稿。

貝洛打電話給他的出版商說，如果你不出版這本書，我以後就再也不跟你合作了。出版的那一年，《紫苑草》贏得了普利茲獎。

讓我們看一看甘迺迪給這個吻的結構。首先，他討論不同種類的親吻，然後描述真正發生的經驗，選一個我們感到熱情的主題——某位足球員、前一位愛人、一杯咖啡、濃稠的冰沙、滑雪撬、和平、嘴唇、膝蓋。

讓我們學他那樣寫，先分類，例如，慢跑鞋有哪幾種？各有什麼作用？你能夠如何用嶄新的方式描述它呢？然後，停頓，放手寫吧！跟我們説説某一雙特定的慢跑鞋，你的慢跑鞋。你穿著他們去過些什麼地方？為什麼？做什麼？遇到誰？描寫整個宇宙吧，跑步、走路、擁有雙腳、踏在人行道、草地或網球場上的感覺如何？分類、想法、界線，跟隨著你自己的軌跡，一直走入大雨中。

No.21 畫些什麼

這個夏天，我去了亞斯本美術館（Aspen Art Museum），在書架上發現了《可以畫的六百四十二件東西》（*642 Things to Draw*），沒有作者名字，沒有解說介紹。這是一本厚厚的大書，封面是一輛鮮黃色的校車，裡面都是空白頁，整頁空白或切分成一半，或是四分之一，或三分之一的格子。每頁的左上方印了一個名詞，記得嗎？一個人、地方或東西。畫些什麼，你很想畫的某件東西。有時是一句話：「多事的街道」。這本書感覺很有料，充滿了蛋白質和可能性。我拿起這本書，買了回家。

我帶著這本書去了兩次的避靜寫作營。我有個想法：如果我們用文字畫畫呢？

不過，首先，為了好玩，也為了暖身：試著把這些東西畫在筆記本上。你不需要是米開朗基羅。就用你的筆，只是不同的動作，花一到三分鐘畫以下這些東西：

槍／麥根沙士
公車站／卡車
網球拍／鳶尾花
剪頭髮／復活節兔子
螺絲起子／煎蛋
全麥吐司

傑克·凱魯亞克（Jack Kerouac）稱自己的詩為「速寫」，寫出當下眼前發生的時刻。文字的特質就是可以跟著你到任何地方。如果在你眼前的是你放在咖啡桌上的雙腳，那就寫這個。發生在你眼前的事，也就是之前發生的事、你的過去、你不知道的事、你的未來，以及這段時間刻的一切，尤其是你所有的瘋狂思緒。所以，用文字畫畫的範圍很寬廣，書寫一向如此，你可以去任何地方，你可以很瘋狂，我們有了這本很實在的書，找一個名詞，那個名詞就是我們的錨，我們的起點。

我對寫作營的學生說：「布丁，開始。你有五分鐘，用文字畫出來。」五分鐘是平常書寫練習的一半時間。學生像賽馬似地快速衝出柵欄，每一根神經纖維都專注於這個名詞，把注意力集中到一個東西上，保持精簡、直接、連結，同時開啟更廣闊的範圍和感官。他們忽視障礙，認真地寫，強迫體內的任何東西冒出來，加油，加油，加油。

布丁

盒子裡的布丁粉，巧克力口味的，當然，別管香草、焦糖和覆盆子口味的，雖然那些也不錯。現在是一九五九年，打開盒子，把布丁粉倒進鍋裡，加兩杯牛奶混勻了，五〇年代的人很關心營養問題，牛奶混合了粉狀化學物質。我攪拌起來，氣味變成了家、所有的美好事物、窗外的樹、肌膚曬成古銅色的祖父穿著藍色短褲站在晾衣繩下、掛著的床單、嘴角叼著未曾點燃的雪茄。

我們又做了幾次練習：

湯匙

在床上和我一起窩著，像兩支湯匙的姿勢。你在後面，把身體調成與我身體同樣的姿勢，你的腿在我腿後，稍稍彎曲，你的前胸貼著我的後背，在被單下，夏夜的紗門開著，蟋蟀在叫，隔壁四隻可惡的吉娃娃半夜對著遊蕩的浣熊吼叫，浣熊吃東西的時候用精巧可愛的手掌，極有技巧地吃。完美的月光，我的綠葡萄掛在厚重綠葉的棚架上，已經成熟。牠們不吃番茄，番茄還沒成熟，牠們等著覆盆子變成深紅色，等著低矮葉子下，先開了白色的花，然後結出草莓，早上四點，空氣越來越冷了。

沙丁魚罐頭

那些小小、優雅小魚排排躺著，在深沉寂靜黑暗的油裡永遠地躺著。你打開罐頭，終於有了這經歷了難耐的工業製程後的盛宴，這些魚多年前就死了，現在又活了過來。放一罐沙丁魚在我墳裡，這樣，等我死了四十年後，當我肚子餓了，我可以醒過來，有東西吃，在這個油油的天堂谷，沒點燃的油燈發散著隱隱的氣息。

給我兩罐，我會需要吃很多，比人行道上那兩個渴望被人拾起的五分錢鎳幣，都更為飢餓。

香水

汽油的味道，塗在傷者耳後，在那希望的架子上，引發未知。噢，水手的傳說；噢，穿蕾絲的女人；噢，說不出的飢渴，尾隨著街角和港口如花的香氣，渴望著一些未知，驅策著性慾與未來世代。香水確認了我們的延續，創造了麻煩和希望，和巴黎一樣古老，不留活口。比臭臭的乳酪更強而有力，比柳樹更排名在前，在工人的背上，香氣帶領我們度過破碎的一代又一代，渴望培根肉、梔子花、女人的大腿、夜晚的酒。

杯子蛋糕

完成了，我無須再書寫，不用喝咖啡了，不用任何東西了，除了腳上的襪子和喉嚨後面想打嗝，有點累，但還好，又老了一點，沒辦法像以前那麼快了。回到古老詩篇，所有邪惡與煙霧的源頭，我在香水的那一首詩裡應該提到煙霧的，但現在，火已經熄了，我們又孤獨了，第二天早上，累了，但即便雙手也變冷了，我們蒼老的心還想要更多。所以，我們吃了一個杯子蛋糕。

沒有藏身之處，你也根本不知道自己寫了些什麼，我們稱之為「子彈書寫」。我打開黃色大書。以下是書寫主題的其他可能：初戀、雹。你要如何畫「雹」？必須很具體，可是文字本身就不是具體的，況且，事物實相往往不是我們看到的表相。房屋仲介商、維他命、小的花飾墊巾、辦公室大廈、棉花棒、薯片和沾醬、乳酪、下午、剩菜、紅鶴、骰子、打字機（用你的想像力，想像它是什麼樣子）、咖啡紙杯、貓的鬍鬚、街車、足球、電話亭（用想像力）、手風琴。

雖然沒有作者名字，但當我翻著這本書，在這些名詞裡，對創造這本書的人有了一些感覺。都市人，和社會連結，關懷人類和日常生活。他或她，假設是女性，假設她叫做雅爾柏達，在城市裡走來走去，選出並記下她看到的東西，就是記下來而已。「街車」是一條線索，她在有上坡、下坡的舊金山街上走來走去，並且夠優雅，不阻礙任何人。書裡甚至沒有說明或介紹，只是請讀者隨意塗鴉，怎麼畫都行，沒有優美的序文，無所為而為；沒有最終的成果，就做你想做的就好。雅爾柏達找到了六百四十二樣東西，甚至沒有弄個整數，但完成了這件事。

你的四周可以看到些什麼呢？端詳它們，不要錯過。現在是初秋，一切都開始蕭條，成熟的覆盆子、最後一批番茄、向日葵、宇宙、南瓜、辣椒、微風、清晨太陽升起前的那一絲寒冷、在街角快速轉頭還可以聞到的冬季氣息、被蔓藤纏繞著的最後一刻。一切都迎向我們，不要背過身去，即使痛苦，也要親臨，承認並感謝宇宙賜予你的一切。

No.22 清單

是的，我們都有買東西的清單。如果你讀別人的清單，會發現清單本身就很有趣。書寫也有清單，寫起來很愉快。不一定要排成一排，也可以橫著寫，但是它可以牽引出你對某些事物所知的一切。

試試這些開頭，然後創造自己的清單。要保持精確具體：

你帶著什麼？

最簡單的事情是什麼？

離開之前，我想告訴你⋯

某某人（自己填上名字）留在我體內的是什麼？

這些主題讓你有個好的開始，否則無論你寫下多麼奇怪或獨特的細節，你的清單將只是一張單子。開頭黏結一切，例如，請看這張清單：亞利桑納州的峽谷、城鎮的垃圾場、

球場、大角山（The Big Horn Mountain）、六六線道、購物中心、去洛杉磯班機上的23D座位、維吉尼亞州的一個士兵墳墓、郊區後院。到底要說些什麼？這是它的開頭：「這是一本詩集，詩人就只是對美國的某個地方感到忘形所以了。」接下來就是剛剛的單子。現在你看得出來這張清單的意義了嗎？這是蓋瑞生．凱勒（Garrison Keillor）出版的詩集《好詩，美國各地》（*Good Poems, American Places*）裡的介紹。他接著寫道，在這本詩選中，所有的詩都是「這些地方當下的追憶」。如此看待詩，真是美妙。

讓我們看看艾倫．金斯堡（Allen Ginsberg）的詩：

柏克萊的一間奇怪新屋

整個下午，從顛危危的褐色柵欄上砍除黑莓荊棘
低枝上，已經腐爛的杏子掛在雜七雜八的葉子中，
修理新馬桶精細的機械構造中的漏水之處；
在走廊蔓藤中找到一個還好好的咖啡壺，將一個
大輪胎滾出猩紅色的樹叢，藏著我的大麻；
澆花，互相玩著被太陽照射的水，
給長豆和雛菊再澆一些寶貴的水；

草地上繞了三圈，不自覺地嘆息：
我的回報，當花園賜予我梅子
從角落裡的一棵小樹，
一個天使很體貼我的胃，以及我乾燥失戀的
舌頭。

你看得出來嗎？金斯堡的這首詩主要是用一張裝飾性的清單建構起來的。請注意，詩的標題「柏克萊的一間奇怪新屋」就已經是單子的開頭了。

清單會給你一個結構。開頭的那句可以把這首詩變成文學作品。

試試這些開頭的句子。如果你迷路了，就回到這些主題，重寫開頭的一句，然後繼續：

我要告訴你……
我在想……
我在看著……
我如何愛上我的人生……

清單可以很簡單，但是讓我告訴你，它們是書寫真正的脊柱。

No.23 愛一個地方

二月底的某個星期六黃昏，我到了明尼亞波利（Minneapolis）市待了兩晚。我從阿布奎基（Albuquerque）來，正要去北達科達州（North Dakota）的畢斯馬克（Bismarck）。令人驚訝地，如果我在這裡轉機過夜，達美航空給我兩百美元的折價。

我拖著行李箱，在轉運行李的地方等我的老友艾瑞克開車來接我。天氣非常寒冷，幾乎是讓人無法忽視的興奮，交管人員驅趕一輛停得太久的福特轎車，還跟我打招呼。

「等一下！」我大喊，我呼出的氣在我臉前形成薄霧。「你沒戴帽子或手套。你瘋了嗎？」

「我根本感覺不到寒冷了。」他給我一個大大的微笑：「一輩子住在這裡，如果到了零下二十度，我才會戴上毛帽。」噢，是的，明尼蘇達人愛他們的漫漫長冬，而且不服輸。

我努力看車子裡的駕駛，不確定艾瑞克會開哪種車。他終於開著一輛很大的白色豐田過來了。對如此短暫的停留來說，我的行李實在太大，我把行李箱放進後座，自己坐進了

前座，然後沿著因路旁堆雪而窄成單線的馬路往前行駛。這個冬季下的雪破了紀錄，被鏟雪車堆在街道兩邊的積雪有兩米半高。

艾瑞克看到我眼睛睜得老大、下巴掉下來、屏著氣，對我微笑，說：「喔，我愛死了。」

第二天，我們經過富國銀行的停車場時，十二月、一月和二月的漫漫長冬裡，鏟雪車堆出的積雪已達三米半高。我們必須伸長了脖子往上看，我的朋友卡蘿說：「你知道嗎？冰河時期就是這樣開始的。這麼多雪，夏天根本無法讓它溶化。」

我相信她說的話。我覺得這就是愛，明顯的事實，無論你如何試圖將之文明化，卻仍然原始。相信我，明尼亞波利非常努力地試圖文明化，到處都是你可以坐一整天的小咖啡館，蓋瑞生·凱勒和路易絲·厄德里奇擁有兩間規模很大的書店，三十一街和海尼平街交口有一間很大的二手書店叫作馬格斯和奎因，就在路西亞烘焙店旁邊。你可以在路西亞買到可頌麵包和餅乾，以及各種好吃的甜點，因為這是小麥的故鄉，他們很懂得烘焙。

成長在北達科達州（North Dakota）農場的卡蘿和我一起去明尼亞波利藝術學院（Minneapolis Art Institute），自上次造訪後，他們又添了一棟新的側樓。學院越來越大，向著光禿禿的酷寒不斷延伸自己，裡面很溫暖，我們看到了文化——法國的油畫、佛像、已經離開明尼蘇達的在地藝術家的攝影作品。我們經過幾個畫廊，看到一面玻璃窗，我們往外看，黑色光禿禿的樹，站在學院對街髒兮兮的積雪和下午四點、透著微小天光的灰色天空前。我們在很北方了，看著這個景象，感受最真實的畫面。

「噢，這好美。」卡蘿憤世嫉俗地說，她受夠冬天了，「很像七〇年代後期，你還住在這裡的那些年。」

這個冬天，卡蘿的屋頂真是糟透了。她必須把舊絲襪裡塞滿鹽，丟到屋頂上去。鹽像是劇毒，溶解厚重冰塊，讓她有個著力點去打碎冰層，以免整片冰砸垮屋頂，掉進屋裡。

我問卡蘿，她是當地有名的皮膚科醫生，「為什麼不在你弄斷自己脖子之前，雇個人幫你做這些事呢？」

「我就是沒辦法，只要我還能自己來的話。」她說。屋頂漏水，她爬上去補；水管壞了，她蹲下去修，這是我們之間的老笑話了。北達科達州的女人素來以能力和獨立聞名，男人去打仗的時候，女人必須做農事，當男人終於回家時，腦子很多已經不對勁了，女人只好繼續做所有吃重的工作，於是這個傳統就一直延續了下來。

我發現跟這邊的老朋友談話，一半都圍著氣候轉，我聽得很有興趣，完全不是無聊閒話，而是即時的分享。

一個朋友跟我說，她家附近有三個人在冰上滑倒，髖骨骨折。「其中一個滑倒時，頭撞到路邊的冰塊，從此不知道自己是誰了。」

「在這種氣候裡，你不會寧可忘記自己是誰嗎？」我得意地大笑。

星期天大早，我把自己包得緊緊的，離開朋友艾瑞克的家，到三條街之外的卡爾亨湖（Lake Calhoun）走一走。我現在穿得夠暖和了，很厚的羽絨雪衣，厚重的羊毛帽子，雙層的毛線手套，絲質長袖內衣和一雙好靴子。我住在這裡的時候，才三十出頭，開一輛乳白色金龜車，連暖氣都沒有。我去中央中學（Centrsl High School）教書時，以時速一百公里的速度，和其他的早上七點車流一起在高速公路上奔馳，我必須把車窗搖下，刮除車窗上的結霜，才能看到外面。十二月初的溫度可以低達零下二十度，直到春天都不會回暖。四月時，春天慢慢來臨了，到五月萬物新綠時，你簡直要相信嚴寒再也不會來了。

或許，這個星期天早上的散步是我終於與這個恐怖氣候達到和解的一刻。我好像根本不在乎嚴寒，我臉上圍著羊毛圍巾，不確定是零下十一度、九度或四度，反正冷到了某個點，這一切都無所謂了。真是冷中之冷啊！就像在牛奶裡加進牛奶似的，你根本無法區分。一對男女走過，手上牽的可卡犬穿著小皮靴，看來即使是狗，也無法忍受人行道上結的冰。

幾年前，艾瑞克，一位堅毅的明尼蘇達人，跟我示範他如何在結冰的卡爾亨湖上靜坐。他把椅墊拖到湖上，自己站著，先向四個方向鞠躬，然後坐在椅墊上，椅墊下面則另外有個墊子。太陽逐漸下山了，他靜靜坐著，聞風不動。他說：「滿愉快的，我希望有一天大家會流行這麼做。」

兩位女士慢跑超過了我，之後又有一位男士牽著狗經過，除此之外，只有我一個人，我加快腳步，感覺到手指尖要凍僵了。我無法相信我會這麼愛這個地方，毫無邏輯可言。當然，我在這裡遇到我偉大的禪師，住在他家幾條街外，一住就是六年。是的，我在這裡學到很多關於書寫的事情，在「駐校詩人」計劃中教學，也在一家族群多元的小學當過兩年的駐校作家，後來獲得一筆很大的州政府獎學金，讓我去了以色列，正式成了作家。但是，停在一棵朴樹前，望著平滑的白色湖面，身後的車疾馳而過，我瞭解愛是沒有理由、毫無道理的。

終究，我不屬於這裡，就像我最愛的幾個人都不適合同居或結婚。但是，他們仍然對某個部分的我說了些話，讓我想念這些邂逅。這個部分的我渴望被看見，很多年過去了，我仍記得他們，心裡仍懷著赤誠、絲毫沒被馴服的愛。即使除了冬季之外，沒有人會說明尼亞波利是荒郊野外，但當年對我這個從紐約的布魯克林來的第二代猶太女孩而言，這裡簡直就是美國拓荒的最西部了。我遇到很多人，有的在愛荷華州農場上長大，接近那條蔓延而巨大的美國河流，密西西比河（Mississippi）。我看著別人在冰上鑿洞，釣魚，也去了州界最北邊的夏季別墅，後來回到明尼亞波利，在這裡我沒有家人，沒有根，只是一個身處陌生地方的陌生人，但這裡卻是我的精神故鄉。

我常常寫到明尼蘇達，試圖逃避我心目中某種奇怪的連結。大部分的明尼蘇達人認為我恨那裡，但他們錯了。當我描寫一個地方，即使是取笑這個地方，它都長在我的心上。

我的朋友米莉安說我對地方上癮。有些人愛車子、舊房子、衣服的剪裁和線條，這些執著告訴了我們些什麼關於自己的事？

當我想到母親，她著迷美麗的事物——杯子、盤子、毛衣、鞋子、大衣、帽子、餐墊、地毯、沙發、燈具、窗簾、耳環、戒指、糖果盤、小碟子、刀子、叉子、湯匙，這些是她進入更廣大的世界的入口，快樂的起點，藉以逃避日常生活的汙濁。我希望她的快樂來自我和我妹妹，但是她無法把心放在我們身上，色彩、觸感、形狀才能讓她的臉亮起來。

星期一，我繼續去北達科達州，我還沒見識到真正的嚴寒。從俾斯麥（Bismarck）西方到蒙他拿州（Montana）邊境的狄克森（Dickenson）要開四個半小時，中間都是光禿禿的凍原，地平線與天空連成一片，沒有任何阻擋視線的東西。我們在白色真空中移動，寒風吹過高速公路，車子因而顫動，現在我真的進入另一個世界了，車子一路顛簸，進了華美達的停車場後，在那邊下車。地上的硬冰厚達六十公分，表面凹凸不平。

「現在太冷了，撒鹽都沒有用。」說話的這位善良教授曾經寫過一本關於馬克．吐溫和一本關於查理斯．強生（Charles Johnson）的書。他來接我。

大廳是暗的，充滿了菸味，這裡還沒有通過禁菸法。狄克森附近的土地上發現了石油，去年，有幾位農人變成百萬富翁了，據說他們把錢藏在身邊。這整州的人口還不到一百萬。

我這次是去拜訪狄克森州立大學（Dickinson State University）的學生，他們比較開放、有準備、有一點瘋狂。他們期待我——造訪的作家——娛樂他們，而他們自己只需要坐在那裡，輕鬆享受。

我發出命令：「好了，大家。站起來，把鞋子脫了。」

我教他們如何學紅鶴那樣用單腳站立：「我們必須平衡，不只是身體，也包含心智。一個雜念，我們就會失衡。」

然後我們彎腰，碰觸腳趾，「這是為了我們的背部」，我對這些二十歲左右的學生開玩笑。

「好的，你們可以回座位了。我們輪流，說自己的名字，在哪裡出生，你喜歡的一樣食物。」

克萊兒說：「中國食物。」

「要精準。哪種食物？」

她做個鬼臉，表示不知道。

繼墨西哥食物、薯泥、牛排、漢堡之後，一位來自蒙大拿州的女孩說：「蘋果醬。」

我們都笑了。

「好，我們為什麼會笑呢？作家都要檢視自己的心智。」我阻止全班，不讓他們接著說。

她旁邊的年輕女性說：「因為蘋果醬很普通，你不會期待有人說蘋果醬。」

我點頭，注意到她穿的是百慕達短褲，室外是零下十一度，我指著她的腿說：「你瘋了嗎？」

她把一邊肩膀往前傾：「我是在這裡長大的。」

「所以你在挑釁寒冬嗎？」

她微笑著說：「不。」她很喜歡得到大家的注意。

最後一天，我們寫出童年回憶中的事物。

我的保母咀嚼我的鞋子
溫度達到零下五十度時，山羊放在廚房中
我父親的口哨
一個叫作喬瑟夫的男孩念二年級的時候過世
校車靠到路邊，車門大開

第二天，兩位教授開車帶我去羅斯福國家公園（Theodore Roosevelt National Park）。零下十度，遠處山上，我們看到野生的美洲野牛，更遠處還有一些野馬。

「關於這些野馬，你要聽浪漫或歷史上的解釋？」

「都要聽。」我說。

「有此一說，這些野馬是印第安坐牛酋長（Sitting Bull）的馬的後裔，就是當年他知道沒有希望之後，野放了的那些馬。」

「我喜歡這個說法。」我看著寬廣寒冷的凍原。

「歷史上的說法則是牠們是農場上不再適用的工作馬。」

「所以牠們變成野馬了，好美。」我跟著說。

我離開北達科達時心想，你只是看到表面一點點而已，你可以在任何地方找到覺醒的心智。但是班上這些學生和這些甜美的老師，不知道自己是有覺知的，也不知道自己有多麼可愛。對於大部分的人來說，「覺知」甚至不是我們在尋找的品質。我們忙著賺錢、得到好成績、期待著春假。「覺知」，是另一個國度了。但我們有責任認出這個國度，瞭解「對地方的愛」可以是一個起點、回憶與省思，或我們的渴望和希望的地圖。

No.24 簡短練習的長章節：花一週在咖啡館書寫

盯視、窺探、傾聽、偷聽
死時知道一些事情。你在
這裡的時日無多。

——沃克・伊文斯（Walker Evans, 1960）

有時候，你可以試試簡短的練習：連著七天去同一個咖啡館，同一個時間，同一個位子，描述面前的事物，你聽到什麼、看到什麼、聞到什麼、嚐到什麼，不要間斷。我對避靜寫作營學生提到過簡短練習，但是除了我之外，似乎沒人有興趣。我決定真的實踐。

到了十一月底，感恩節過後一天，我決定連著七天，每天中午十二點去峽谷路的茶屋，不停地書寫二十分鐘，描述「我眼前的事物」，試著抓住偷聽到的對話、坐在桌前的

人們、來來去去的過客。我承認，帶著筆電會更有效（他們有無線網路），但我很有經驗了，用紙筆就可以抓住身邊發生的各種言行舉止。我把這件事情當作簡短的探索練習，只是想看看感覺如何。

困難來了，第一天就立即產生抗拒。我才一開始就不想做了，我胃痛，我不想待在大家都在吃東西的咖啡館裡。要選一天的中間——中午，更是不可能。我在想些什麼？也許一大早會更好，然後我想，「這是個適合書寫新手的活動，」我提出的這個點子聽起來是那麼有吸引力，「但是我無法從中學習到任何新的事物。」我跟自己說。那個星期五，感恩節之後的第一天，店裡塞滿了來訪的家庭、朋友，我一個人在這裡書寫，落入了舊的陷阱——寂寞的作家。我為什麼沒有當殯儀館老闆、水電工、外燴廚師呢？噢，別又來了吧。

娜妲莉，閉嘴。你說你要這麼做，你已經在這裡了，第一天，堅持下去，別這麼戲劇性吧。

我半認真地逼著自己做這件事。只有一天準時到場，中間還缺席了一天，等到最後才補上，一直去了七天。

我真不願意承認，雖然一開始抗拒很強，但三週後的現在，我終究學到很多。首先，我看到我這個老女孩還是可以堅持做到；第二，我發現自己會思考一下我寫的人，即便是這麼短的偶遇；我也發現自己更能注意別人的對話了。過去這一週，在「真正的祕密」避靜寫作營裡，我帶著大家慢走，從禪修中心走到院子裡時，我聽到廚房外面有兩個人大聲說話。平常我會忽視這個對話，或是將它當做背景聲音，如果遇到我心情不好，大概還會為工作人員這麼不尊重禁語規定而生氣。但是因為咖啡館的練習，我的感官敏感度達到最高點，他們的關係是什麼？我知道他們的聲音很興奮。無論男人說什麼，女人都開懷大笑。他們在勾引對方，因為我對他們保持新鮮的興趣，我也跟著覺得活了起來。

以下是茶屋裡的部分紀錄：

十一月二十七日，週五

十二點五分在峽谷路的茶屋裡。感恩節過後，我趕在中午十二點之前衝到這裡。我跟學生說過這個練習之後，就一直想做這件事了。開始吧：

「電鍋裡蒸十八分鐘就好了。」

「哈維，就是用米、楓糖和奶油。以整道菜來說，太豐富了。」

「我要比較小的一份。」

「你檢查過你的膽固醇指數了嗎？」

「我要小份的。」

「我的數字是二四九。」

戴著白色小帽的寶寶被抱出去了。

戴著金邊眼鏡的男人，穿著紅色滑雪夾克，把杯子拿到收餐具的餐車去。他轉過身，肚子大得讓夾克拉鍊都要爆開了。通往隔壁的門旁種著枯萎的無花果植株。

坐我旁邊的年輕男人頂著黑色捲髮，正在讀一本很厚的書。我偷看了一下，書的左上方，書名是《生命本身》（*Life Itself*）。他穿著牛仔褲，喝著杯裡最後一滴，站起身，把書反過來放，再去點一杯。書的作者是比爾．布萊森（Bill Bryson）。他回來了，杯裡什麼都沒有，我假設排隊的人太多了。櫃台在兩個房間之外。他檢查了筆電，再度開始閱讀，倚靠著桌邊。

之前提到自己高膽固醇指數的女人現在說了：「你的羊肉很好吃，沒有野生的腥羶味。我發現一種羊乳酪，不，叫作牧羊人乳酪，就沒有腥羶味。可是前個晚上，我看著肉，非常的紅，我就吃不下去了。」

右肩揹著皮包的女人，左手拿著冰淇淋筒遮著臉，走了出去，裡頭是粉紅色的冰淇淋。

「吃東西的時候談論結腸鏡檢查，太噁心了。」

在這裡工作的女人穿著灰色毛衣和牛仔褲，喊著：「十三號在哪裡？」

另外一間房間，面對著我坐著的是一個女人，背打得直直的，正在打膝蓋上的電腦。橘黃色毛衣，背後有植物。

坐我隔壁的男人先查了電影時刻表，現在再度檢查他的手上型筆電。

他戴上帽子和手套之後，跟我說：「我不知道我是不是真的要走出去。好冷。」

我問他：「這是哪種電腦？」

「摩托羅拉」

「這本書如何？」

「如果你喜歡科學，就很棒。」

「你是學生嗎？」

「我在新墨西哥州大學修課，也在聖塔菲兼職。」

「噢，跟喬爾菲·衛斯特嗎？」

他點頭。

「如果你站在陽光下，就不會那麼冷了」，他離開了。

「我媽媽是猶太人，她很嚴。我爸爸就不一樣，我做什麼都好。」

「我想不起那個字了——喔，『怨恨』——有些人非常怨恨自己被撫養長大的方式，會刻意走剛好相反的路。」

「我的球鞋簡直是世界上最緊的了！」

她伸出穿著黑色球鞋的腳。「我有很多這個牌子的鞋。」

十一月二十八日，週六，12：10

今天我離練習目標遲到了十分鐘。感恩節過了兩天，我為了自己的胃，正在喝發酵過的冬菇茶，很好喝，又很溫暖。這二十分鐘，我都很想坐在外面書寫。但是我說「相同的地方」，就表示要「坐在同一個座位」上。我在同一個咖啡館裡。無法坐到同一個位子，我只能坐在那個位子旁邊的圓桌旁。

一對男女坐在我昨天坐的位子上，在桌上公然牽著手。穿著淺灰色長袖運動衫的男人背對著我。女人——兩人都三十多歲——穿著深藍綠色T恤，上面寫著「二〇〇九，洛杉磯搖滾」，剛剛才將透明玻璃杯裡的茶舉到嘴邊。現在她用手撐著頭，聽著男友說話，他正在說到自己的父親「還是一樣。頭有一點糊塗，眼睛總是疲累不堪，我就關機了。昨天晚上，我回家的時候就是完全不用腦子。」

「是你說的。」

「將來我絕對會跑掉。」他說得很快，他要她瞭解，「現在你可以看到了，不全是我的問題，我就是不信任。我信任你。」

她往前傾，搖著頭。她的眉毛很細，是畫出來的，直髮，留到肩膀長度，手指甲修過，沒有塗指甲油。

「現在你知道我要的是什麼了」，他說。

他想從她那裡得到許多，他的口氣在說，到我身邊，瞭解我。

現在她在說話了，急促地，談到了他們兩個昨晚遇見的一個女孩，聲音中有著防衛的意味。

一對男女推著嬰兒車，孩子穿著粉紅外套，走了過去。

我伸手拿茶，我還沒點任何東西呢，我會在小費箱留一塊美金。經過了點餐台，直接去桌位，已經遲了，已過中午。

「絕對不。」她正在說。

她笑了：「不。」一個字拉成三個音節。

「這就是我的感覺。我們不需要慢慢來，除非你想要那樣，現在就告訴我吧。」

她很小聲地回答，我聽不清。

現在他們在爭吵了。

「我從來沒那樣說過，我把你介紹給我的家人，你說你的家人從來不過感恩節的。」

「我媽媽不過感恩節。」

對角處的桌子，另外有一對男女，正低頭對著很厚的書和筆記本記筆記。他戴著黑色鏡框的眼鏡。

大廚穿著白色圍裙和棒球帽，走進門。四處看看。他穿著海藍和白色條紋的T恤。

星期天，跳過。

星期一，十一月三十日

昨天本無意跳過，但是前一晚睡得太晚了，我不確定自己是否高興昨天跳過了。我的目標不是要持續做七天嗎？看起來其實不那麼難，難的是每天中午。現在星期一了，我早到了半小時。準備好了，急著開始。所以，或許昨天跳過一天沒有關係。

茶屋的正中午。

兩個男人穿著黑色衣服，坐在壁爐前的一張圓桌。脖子上戴著大大的十字架。其中一位戴著黑帽，看起來很剛強，有鬍子，眼睛下有很深的黑眼圈，另一位比較脆弱的樣子，穿著牧師制服，留很長的金色鬍子，禿頭，我知道自己必須小心，不要一直抬頭看他們。剛強的那位看著我，我坐著，身體朝他們前傾，試圖聽清楚他們在說什麼。牧師說話，另一個傾聽，但是我聽不清他們所說的內容。我聽到幾個字，基督徒、教會、印度。剛強的那位發生了些什麼事：「我要大作文章一番。城裡有一大部分的人是新時代的信徒。我個人認識的人裡面，大部分都……」聽不到了。

左邊的女人穿著淺灰色襯衫，綠松色的外套掛在椅背上。她在看電腦，我看不到斜對面另一桌的人，但是看得出來穿的是深綠色襯衫。

我點了半個三明治，素食蘑菇湯，非常好吃，可是我好冷，左手夾在雙腿之間。

剛強的那個繼續用單調的音調說著話，牧師只說了一句話。

拉邦巴（La Bamba）的音樂響了起來，我不知道從哪裡傳來的。

穿綠色襯衫的人站起來去上廁所。廁所是鎖著的，他又回到座位上。他有白髮、禿頭、穿著牛仔褲。

剛強的那位說：「我要和解。我有些反應錯誤，需要協助。那是我的疏忽……」又聽不到了。

一對亞裔男女走進房間，又走了出去，尋找座位。

兩個男人從後門進來，穿著厚重冬衣。整個地方的對話都很熱絡。另一個痛很這個房間，很冷，椅子又硬。剛強的男人看看我。我無法看著他們了。房間傳來尖銳的咳嗽聲。淺黃色油漆的牆，角落裡有三堆塑膠杯子，放在水瓶旁邊。還有刀子、叉子、湯匙，用餐巾紙包著。一瓶辣醬、兩個糖罐、一個木罐子裡頭是代糖。我注意到我的桌子上也有這些，一小包一小包的紅糖。

牧師很平靜地說著話，並不表示他真的平靜，只是教養如此。他說：「大災難。」

「我要把垃圾都傾瀉到你身上。」

牧師點頭。

帶著電腦的女人去了廁所。綠色的男人也去了，牧師和剛強男人還在激烈地說著話。這是房間裡的能量所在。「我想要被瞭解。」剛強男人的臉都扭曲了，右邊嘴角提起——他正在認真地聽牧師說話，所以我看著他們，他手上有玉米片。

他問：「我可以用充滿尊重的方式提出問題嗎？」

如果你問我意見，沒有人問我意見，剛強男人給牧師太多權力了，應該更信任自己一些。

星期二，十二月一日，12：14

無論如何，似乎無法中午趕到了。一九九〇年波灣戰爭剛剛開始，巴伯．懷德和我每天中午坐在聖塔菲廣場，拿著牌子，上面寫著：「為中東和平靜坐」。有時候，我們是冒著可能跌一跤把脖子弄斷的危險趕到那裡的，但是，這一切如此必要。如果你有個伴的話，一切就都不同了。準時顯得更為急迫必要。很多人問我，我每天的日子如何過，他們想問的是我何時書寫，而我無法回答他們。

女人剛走過這個房間，現在房間都空了，只有我坐在火邊，還有遠處的雷鬼音樂。走過去的女人回來了，她身上的香水很難聞。她嘟噥著：「我坐這裡吧。」她走近火邊，坐在我旁邊。噢，倒霉，香水真臭。他們剛幫她拿來一杯有蓋子的飲料，我不確定是不是茶。她臉上搽了粉和口紅，我敢打賭她不住在這，你總是可以看得出來新墨西哥人和觀光客的不同。

或許我結束之後，可以問她，讓你們知道，但是如果我現在問，就會中斷我的書寫了。除了化妝和香水之外，線索還包括了她在吃烤過的全麥三明治。聖塔菲的人都對麩質或小麥過敏，我們都過敏。這是個有病的地方，不要搬來這裡住。

我有沒有提過，天花板上掛著紙燈籠，上面寫著假的中文？寫些真正的中文會死喔？地板是木質的，很髒，桌下有食物碎屑，服務很慢，點餐櫃台一直大排長龍，但是食物很好吃，天氣夠暖的時候，坐在外面峽谷路的人行道上，簡直像天堂。我從來不會來這裡而坐在室內，那我為什麼在十一月底這個寂寞的感恩節假期選擇了這裡呢？陽光穿過窗戶，照到我背上，我看到自己的頭的影子照在桌面上，看到筆的影子滑過頁面。忽然間，一切都看似甜美，就像以前在咖啡館書寫的光景。你、你的心智和世界，以及我正在喝的沛綠雅礦泉水。

有人在隔壁跌了一跤，叫了起來，一陣笑聲，我抬頭看。一個女人在隔壁沙發上坐了下來，穿著米色棒球帽。我敢打賭她也不住在這裡。只有觀光客在感恩節剛過的星期二陸續到達，以及我這個作家在她的綠色筆記本上寫著。

好吧，我放棄了，問香水女人：「你住在這裡嗎？」

她說：「是的，你也是。你以前住在道斯鎮。」

「噢，所以你知道我是誰？」

「你想念道斯鎮嗎？」

注意力轉向我了。我完全錯了。我說：「是的，但我很喜歡這裡。」一位個子很大的男人走了進來。「你是派翠西亞嗎？我們應該換個位子，才不會打擾她。她在書寫呢。」

「沒關係，我也快寫完了。」我又說：「不然我會把你們的對話也寫進去。」我們都笑了。

你看吧，我啥也不知道。誰住這裡，誰不住在這裡。

星期三，十二月二日，中午

我明白需要一些時間才能建立規律的習慣。今天我就只是來了，沒有抗拒。從昨天和香水女人的對話中，我得知她十年前在道斯鎮，曾經有兩個星期跟著我上過課。她很可愛，請忘記我寫的關於我的看法、化妝和香水的話。我聞到廚房傳來的香味，我想那是我沒有點的鮭魚和胡桃。我坐在圓桌前，背上被壁爐火烤得暖暖的。一個女人坐在角落裡，背對著我，白髮很短，穿著栗色和黃色的佛教袈裟。她跟一位有外國口音的男子一起坐著，男子有著大大的微笑，女人在笑。男子的頭髮很捲，沒有梳好，明亮的藍眼睛，穿著黑夾克。聽不到他在說什麼，只聽得到他的外國口音。

一位很高大的女人在尼姑和我之間的桌子坐下，手機靠著耳朵，右手臂掛在身旁的椅背上，看起來很不快樂。她聽著手機訊息，臉上全是驚愕的表情，然後她嘆息了，望出窗戶。她小口喝著綠瓶子裡的沛綠雅。她的朋友加入了她，用手說著話。

「我想重點是要記得。他想要招待他的客人，客人想去拜訪主教小屋，順路也去道斯鎮。他可能跟你說了很多，你必須想一想他說的話。」

「你提到一個包裹，是什麼呢？」我可以聽到大個子說的話，但是聽不見她朋友的話。

現在兩個人都在看著電腦了。「你知道我的狗不喜歡我用電腦。我的鬥牛犬會吠叫。」

對面的女人手倚在桌上，傾身向前。眼睛上畫了濃妝和口紅。我不想猜測任何關於她的事情。

「我不需要推銷道斯鎮。大家都想去。」

侍者從後面房間過來，往火裡加了些木柴。

女人皺眉了，交叉著雙臂，等著食物，或飲料。

服務台上放著《紐約時報》，義大利為了提高學費而暴動，歐洲忙著刺激經濟，柏林地下捷運工程挖掘出納粹埋藏的現代藝術雕像。

女人還是沒等到食物。輕蔑的微笑。她點的鹹派來了。

唯一可以聽到的是一位很高大的女性，她說：「我是個老社工，無法不注意到別人在盯著我們看，我希望他們對客人好些。」

「或許下次吧。」和尼姑在一起的男人說。

對面的女人伸手拿鹽。有一大杯水，插著吸管。她對著叉子上的食物吹氣，讓它冷卻。

門上的出口標誌指向走廊和皇宮大道。對街窗框是鮮艷的藍色。

電話響了，坐我對面的女人在講手機，一面吃一面說話：「是的。」她說，然後放下手機。

「我認識蒙帝．沙格拉豆的經理。我很愛聽他說那邊的生意。他們試著吸引人群來辦婚禮或研習會，想要不尋常的活動。他有很多好點子。主題活動很棒。費城的人很期待這些主題活動，附近有很多牧場。」

女人吃完鹹派，把餐具放好，離開。很少人會來這邊只為了吃。這是來殺時間的地方，喝茶不就是為了殺時間嗎？

重讀時，我看到自己這裡評論一下、那裡評論一下。我的規則是不要詮釋。就只寫眼前發生的事。我該說什麼呢？沒藉口。

你為何不試試這個簡短練習呢？比我聰明一些，指定一個比較合理的時間，可以是工作場所的餐廳，或把練習整合到你的生活之中，譬如連著七天在孩子的遊樂場，情境有無窮可能。請記得：記錄眼前發生的事情，視覺、聽覺、感覺通通記下。眼前發生的事情也是隱喻：可能是存款不足被退回的支票、父親臨終、兒子被軍隊派駐海外……，但是，請不要迷失在內在議題裡。注意房間對面帶著小孩的女人，注意她如何拉整圍巾，在正在喝咖啡同時，跟坐在她對面，喉結很大的男人說話。讓實實在在的世界為你定錨，讓你深耕。

我有另一個點子。你也可以選擇森林裡的一個地方。沒有人類在對話，但是每天在同一個地點，會使你注意到自然環境，讓你必須將你不瞭解的事物化為語言。

或者你可以試試這個練習角度。我的禪師朋友約翰．大道．路里（John Daido Loori）告訴我，他跟著偉大的攝影師米諾．懷特（Minor White）學習過。懷特讓學生花一整個下午，在外面尋找自己覺得對勁的地點，坐下來，冥想，直到這個地點允許他們照相，然後只照一張。這和用手機不斷地一直照一直照很不同。想想看那個深度，慢慢地進入與專注。你和你看到的事物，和你的環境，合而為一。

十年前，我在咖啡館有另一個練習。確切的地點是明尼蘇達州聖保羅市（St.Paul）格蘭大街上的麵包與巧克力店裡。整整六個月，每週兩、三次，每天不同的時間，大部分是下午店裡無人時，點一杯用高紙杯裝的熱茶，在桌前，舉至眼前，就坐在那邊至少四十分鐘。茶只是偽裝，我其實是在咖啡店裡靜坐冥想，吸氣，呼氣，在社會中練習。時間一到，我買一片熱的碎巧克力餅乾，剛烤好的，慢慢地吃，每次一小口。

現在很多人失業，好好運用這段找不到工作的時間，切入擔憂之中，花些時間練習，以後你可能回想到這段時間，心裡充滿感恩。

這個練習包括你的環境，即使是忙碌的咖啡館，也能讓你覺得寧靜、紮根。練習時，我們不應該期待有所回報與獲得。然而，做這個咖啡館練習時，你至少，幾乎確定，會得到自己。還有什麼比這更好的嗎？你是你，不是任何別人。不是伊莉莎白女王、基思·理查茲（Keith Richards）或那個發明臉書的年輕人，甚至不是大威廉姆斯（Venus Williams）或瑪丹娜，你看你有多幸運！

No.25 短句回憶錄

（譯案：原文為six-word memoir，只用六個英文字組成句子，中文不太可能總是以六個字成句，故譯為「短句回憶錄」）

我們要如何避免讓練習睡著了呢？我剛剛聽到一個學生說，她過去幾年都在寫一本很複雜的書，部分是一位藝術家的傳記，部分是她自己的回憶錄，決心今年寫完。這是很好的想法，但要小心，你的書寫可能僵化，沒有空氣、沒有呼吸、沒有樂趣（我注意到了，最近提到練習時，我經常用到樂趣這個詞，是的，正向定義的樂趣：玩耍與整合的感覺，世界成為它應該的樣子，完整無缺而健全）。

她說她覺得現在寫得拖泥帶水。這是跡象，她應該改弦易轍了，或者，至少放鬆一點。

至於我呢，有時候我會讓身邊的事物告訴我，例如手邊的雞肉三明治（也餵養了我），或桌上的一杯水，或我從書架上抓的一本書：《非我計劃：六字回憶錄》（*Not Quite What I Was Planning: Six-Word Memoirs*），《史密斯》（*Smith*）雜誌的文集。是的，這本書的書名已經告訴你該做什麼了。

某個十月下午，我用這個點子重新活化寫作低潮。那是個星期三，避靜寫作營的第二個整天，學生安頓好了，開始聽到自己批判的聲音，說，你在這裡做什麼？他們旅行了這麼遠，抵達道斯鎮，參加寫作營，一開始的興奮和期待已經過去了。「我們來寫些六個（英文）字的回憶錄吧。」學生的頭都揚高了，好像我用冰水潑了他們。「你們有五分鐘。不要想。寫好幾句。看看你最喜歡哪一句。」

以下是他們寫的部分句子：

從未有人聽過我唱歌

好像似乎想要啥，哇

需要修繕：不可近觀

你無法帶著我一起走

二十四個住址之後，還是沒有家

布魯克林女孩成就不小：父母大吃一驚

親愛的艾琵：免費諮商，通常非我所願（譯案：「親愛的艾琵」（Dear Abbie）是美國著名的報紙諮商專欄）

賣車，不包括輪胎

定時炸彈需要英俊的炸彈專家解除引信

這艘船要航向何方嗎？
數學世家裡的性靈修行者
帶刺的鐵絲網刺激了我的美國熱血
他圓滾滾的臀部讓我流口水
孩子抬頭看，尖叫
再見，謝謝你的關愛
半部回憶錄：噢，可憐的我
你有你自己的獨特之美
對父親說謊，現在對自己說謊
報紙為何要消失？
母狗、善心人士、種族歧視、恐同、美貌：母親
懶惰或疲憊：有關係嗎？
嫁給猶太教士，仍是女性主義者
金錢是控制的通貨
以前叫殘廢，現在叫殘障，一直都是人
言行都像真正的人

眼斜腳歪，但很聰明
貓、狗、情人、孩子、更多狗
我總是在改變主意
祖母未受教育，孫女無限可能

有時候，我們用了太多字，太努力了，因此感到困惑，我們真正想說的話被遮住了。現在，桑卓拉，回到你正在寫的書，可以有一章全是活潑生動的短句放在一起嗎？你可以用全新的角度努力繼續書寫嗎？

No.26 年紀

有些年提出問題，有些年回答。

——卓拉．尼爾．赫斯特（Zora Neale Hurston）

最近一次的一年性避靜寫作營裡，至少有五位年過七十的女性。我們都認為七十歲、七十三歲、七十七歲會如何如何，但事實上我們根本不知道。這些女人可以告訴我們，每個人的經驗都不同。我們需要傾聽，如果我們運氣好，有一天，我們也會活到那個年紀。

第一天早上，一位七十八歲的學員彎身穿鞋時，臀部脫臼了。救護車來了，醫生用力把她的臀部放回原來的位置，到了晚上她才回到房間。這個經驗挺糟的，我以為她會想打包回家了，但去探望她時，她已經迫不及待地想要開始。

「我不要缺席。」她強烈表達意願，手上拿著筆和筆記本。

我看著她在零下的溫度中，碎步走過結冰的路面。每一堂課都準時出席。

班上也有一位二十八歲的年輕女性，她在矽谷從事電腦相關工作。我也曾經二十八歲

過，但我當時的人生和她的迴然不同，那時還沒有電腦呢。我們需要讓她來告訴我們，二〇一一年，以她的年紀，人生是何光景。

另一位女學員剛過四十，住在布魯克林；一位學員五十歲，有個九歲的女兒，住在德州的奧斯汀（Austin）；另一位六十四歲，嫁給亞特蘭大的醫生；一位四十七歲，住在喬治亞州（Georgia）的雅典（Athens）；一位六十二歲，來自邁阿密，另一位五十八歲，住在墨西哥某個小鎮上。

重點是，每個人的年紀和時代都不同，我的四十五歲和你的四十五歲不同，當你細看，沒有兩個人的人生會是一樣的。想想看，你住的城鎮裡所有的人，然後想想州、國家，國與國之間。我們有太多假設了：他們是法國人，他們是中國人，然後就不再繼續思考了。奇妙呀奇妙，別再假設任何事情，要注意去看，去聽。

分享你的故事，但不是一說再說、老掉牙的那種模式。讓內在安靜下來，告訴我們，就像你從未聽過這個故事，像是新的發現似地。

然後想像你的故事結束了，把它丟在一旁；你的父母的故事也消失了，結束了。快快快，不要思考，在你父母出生之前，你原本的樣貌是什麼？

在禁語寫作營裡，我叫學生閉嘴（有時我會試著比較有禮貌），我哄他們說，在字句背後，沒有話語，我們必須懂得靜默。

冥想時，任何動靜的背後都是寂靜的。我們也必須懂得這一點。我們的故事背後，沒有故事。我們要如何找到它呢？在我們被創造出來，開始給這個世界惹麻煩之前，我們原本的面貌是什麼樣子呢？

我有一位多年好友，有可能因為心臟病過世。他正在生死邊緣，一邊是形體，另一邊是空無，生命的背後是死亡，但若非有了生命，死亡無法存在。幫幫我。當他走在陡峭的山脊上時，我能跟他說些什麼？

可以是這個，也可以是那個。我們可以在流沙上書寫嗎？我們可以站在海浪上嗎？我們到底有多老？告訴我。

另一位七十多歲——七十三——的學員感冒了，寫作營進行到一半時，她的心跳忽然快到嚇人。

「醫院在哪？」晚上十點，她的朋友衝到接待大廳問。

很幸運地，我正坐在那邊，我太累了，正懶得起身走到頗遠的住處。我坐在綠色椅子裡發呆，翻著一本講道斯鎮附近山路的書。

我猛然抬頭，要如何解釋方向？天黑了，山城到處都是彎路，看不清楚街道名字，此刻，我反正也記不得這些街名了。「跟我來，我去開車。」

路挺遠，我們開得超快，到了急診室門口，馬上闖了進去。

「別管那些瑣事。」我對掛號處的人員吼著：「她需要幫助！」他們要她的生日年月、保險、住址、親人資料等理性的東西。

「娜妲莉，安靜下來。」她回到電腦鍵盤。

噢，我忘了，我已經在這裡住了二十年，她認識我。我安靜下來，讓她繼續標準流程。

這位學生叫作仁，在醫院住了四晚，心臟沒問題，但一直發燒，醫生也不知道為什麼。寫作營於週六中午結束，她星期天出院。朋友載她去聖塔菲的旅館，她本來計劃在聖塔菲看看藝術品的。她的女兒從丹佛飛來照顧她，等她恢復一些，她們會一起飛回她居住的加州。

仁是我的長期學生。她們離開的前一晚，我邀請她和她女兒過來吃晚飯。我從未見過這個女兒伊莉莎白，但我知道，多年來她已進出戒毒中心好幾次了。她現在接近五十歲了，已經戒毒一年半，似乎有徹底轉變的跡象。令人愉快的是，我們三個可以公開的談論這一切，一面吃著煮過頭的米飯，還不錯的白鮭魚和甘藍菜，自由的氣息瀰漫在那晚，直到隔天。第二天早上，仁打電話給我，謝謝我的招待，我說：「你還有一個早上，飛機中午才飛，要不要我現在過去接你，帶你去盒子畫廊？我在那邊看到一些海景畫，考慮要買下來。」

我到的時候，伊莉莎白問是否可以跟著去，然後坐進了後座。在畫廊裡，伊莉莎白立刻看到了我以前從沒注意到的四張小幅海景畫，天空陰晴不定，海浪澎湃，她是對的，這些是畫廊裡最好的幾幅。我心裡想，明天回來買這些畫，但是伊莉莎白已經下手買了，「這些畫會讓我想搬到加州，親近我媽媽。」

我感到暈眩，然後意識到，如果不是她指出來，我根本不會注意到這幾幅畫，她買畫等於幫我省了錢。我不再合理化這一切，而是單純地為她高興。我載她們回到旅館，站在停車場，三個人都很高興。我看著多年來一直努力試圖抽離女兒吸毒現實的仁，正享受著她們之間的連結，我從未看過她如此快樂。

我開車離開時，我認為她的避靜書寫終於完整了。我們都認為這一週應該怎麼過，但世事難料，若只用理性思考，會覺得錯過課程了，感冒了，住院了，錯過了完整的經驗。但有時候，我們會被帶到時間表的外面，帶到計劃之外，我記得自己去參加一個寺院的百日禪修會，才第一個星期，一個女學員就生病了，接下來的三個月幾乎都躺在床上。但是到了結束的時候，她明白了，這就是她的禪修會。我們整裝離開時，她顯得深為滿足。

世界很大。人類，如果幸運的話，可以活很多年。沒有人能夠預料這些年會怎麼過，沒有人能夠開十年期的處方籤。我二十歲時認為，一個人到了三十歲必須成功，否則就沒希望了；三十歲時，我告訴自己，四十歲才是分水嶺；我也以為愛情只出現在二十多歲時，六十歲就太老了。結果，這些想法通通都錯了。

No.27 第三件事情

應該做這件事，或那件事？我們常常在兩件事情之間猶疑不定，但二選一其實不是選擇，而是對錯之間的鬥爭。當兩個極端選項出現，我們就卡住了，通常任何一個選擇都不好，也不壞，但我們將之兩極化，苦於無法做出選擇。我們想要說，就是這個了，再也不用考慮了，然後內在會有個聲音一直嘮叨，不，不是這個，因此又再度陷入兩難。

僵持可以延續多年。

所以，我們需要「第三件事情」，讓我們得以踏出兩難的局面。雖然我們還沒意識到，但前兩個選擇的能量，已灌溉了第三件事情的可能性。因此，不要絕望，正是因為我們掙扎，才有了新的可能。一開始，因為我們的人性、努力、渴望、在意，讓我們陷入兩難，但請注意，此時別安放一個良善的想法來撫平掙扎，要讓它保持活躍與原真。

而後出現的第三件事情會是獨特的、個人的，而且真實，它必然如此，因為它會從根本改變某些狀況。

不要油嘴滑舌地把一切都稱之為第三件事情。我跟學生說到這個觀念時，他們一開始

就是這麼做，「對，對，我知道。我在尋找第三件事情。」

留一點空間，讓新鮮事物得以浮現，通常不會隔夜就出現，所以我們必須保持覺知，擁抱衝突與等待。這是種訓練，訓練我們不要太快採取行動，讓一切沉澱，當我們等待解決之道時，衝突的脈絡正在表相之下編織些什麼呢！所以，要有耐性。

六月初，一年性的避靜寫作營在馬貝兒．道奇重新聚首，沿著道斯鎮河溝，春風仍然瘋狂地吹著黃槿枝枒，我們輪流說出一件生命中的重要衝突。所有的衝突聽起來都很熟悉、真實，但其中有兩個衝突特別撕裂了我的心：茱蒂說她是很有經驗的金融顧問專家，協助過許多家庭整理非常複雜的財務狀況，她做這個工作已經三十年，在這個行業很知名，但是，她自己家庭的財務狀況卻一塌糊塗，完全無法整理。她對這個狀況感到非常羞恥。

另一位女性很年輕，從一個充斥不公不義和極端迫害的社會移民到美國。她積極參與激進的社會政治活動，她的衝突來自於她對全球各地武裝革命的同情，和她練習禪法感受到的大愛。

我看著她說：「第三件事情可能可以真正解決這個衝突。」

她笑了一下，但是嘴角並未揚起。

我沒有答案，沒有魔法般的第三件事情足以解決她們的衝突。「讓我們書寫十分鐘，進一步探索你的衝突。如果你要的話，探索極端，以便找到中庸之道。」結束時，我告訴他們：「現在放一放。」我搖鈴三次，我們靜坐三十分鐘。

學生繼續練習：在季節性的寫作營之間，在家裡書寫、個別靜坐、慢走。

六個月後，下一次的聚會中，茱蒂說她在地方報紙上寫了一篇文章，描述她家庭的金融危機。她不想再隱瞞了，但她也非常害怕客戶讀了這篇文章之後，不會再找她諮詢。結果，這篇文章得到許多正面的迴響，報紙都印出來了，讀者說他們瞭解她的問題，她能夠如實承認，實在是非常勇敢，在此財務困窘的時刻，他們非常欣賞她的誠實。這件事情鼓舞了她，因此寫了更多文章，進一步揭露財務困境。當坐在禪修中心一角告訴我們這一切時，她臉上發光。

我說：「茱蒂，這就是你的第三件事情——進入你的恐懼。」她的第三件事情就是她採取的行動：書寫。或許正因為我教導書寫，我當初才無法看到這一點，因為太明顯了。

九一一事件剛剛發生時，我在卡茲奇山（Catskills）的禪山寺院（Zen Mountain Monastery）禪修會裡首次遇到朵蘿蒂。她從布魯克林搭火車來，在班上不停地哭。我從沒問她為何而哭，為了紐約的痛苦和受難嗎？為了在修道院找到保護和放鬆嗎？從此以後，她一直跟著我學習書寫。

九一一事件過去十年後的一次寫作營裡，十一月的星期五下午休息時間，我們打破一週來的靜默，她在禪修中心裡宣布，她寫下了小說初稿的最後幾句話。

「哇，我們都不知道你在寫小說，有問題要問你。」我說：「是關於什麼主題呢？」

她揮揮手：「在菲律賓，一位極受歡迎的選美皇后成為自由的象徵。」

「書的架構是怎樣的呢？」我問，測試著她。

她的眼睛為之一亮：「當我讀福克納（Faulkner）的《當我彌留之際》（*As I Lay Dying*）時，我就知道我找到我要的架構了。」

我們發現，她已經寫了好幾年了，她的小說為她衝突的兩極性找出了很有創意的第三個行動。書寫可以具有革命性，而朵蘿蒂一直在積極地努力創造第三件事情，這次，書寫也成了解答。

六月，我們輪流分享自己生命中的衝突時，我告訴大家：我愛道斯鎮，我也愛明尼亞波利，但二者如此相反，我被這兩個地方撕扯著。接著，我們書寫，我發現，道斯鎮的野外、山嶺、泥土路、有裂紋的泥巴屋子（我曾經住過一陣子印第安帳篷），在在允許我擁有了深刻的覺知經驗。這片土地對我的內在改變做出了迴響和支持。住在中西部時，我遇到片桐大忍禪師，找到了適合的語言和結構來讓我的覺知紮根，以便傳承。我發現，不只是禪修中心，明尼亞波利井然有序的街道、人行道和一片一片方形的草地，都給了我對結構的領略。

我的第三件事情就是聖塔菲。我住在這裡至今六年了，常有人問我為什麼選擇住在這裡。其實，聖塔菲是道斯鎮和明尼亞波利之間的解決之道。聖塔菲有山，也有秩序。我對聖塔菲不像我對道斯鎮或明尼亞波利那樣的熱情，因此生活更為寧靜。

避靜寫作營於星期六結束，星期日我已經回到聖塔菲，經過一間開放參觀的房子，房主想賣房子。我走進前門，噢，太現代了，我已經知道我不喜歡這棟房子，可是，有時候他們會準備剛出爐的巧克力碎片餅乾吸引顧客，讓我走了進去，看看長廊，然後直接去找到房子主人，下了訂金。我知道這就是我要的房子了。

要知道，我並不衝動。我在道斯鎮時完全使用太陽能，二十年來，所有的電力和熱源都來自太陽。在聖塔菲住的這六年裡，每次我去看房子，都覺得像瓦斯大戶，毫不利用新墨西哥州取之不盡的陽光。這些年「參觀」房子的經驗讓我清楚知道我要的房子長什麼樣子。這個現代風格的房子採光很好，面對南方，有水泥地板吸收陽光，後院有堆肥桶，可以走路到城裡，就在禪修中心對面。我可以聽到早上敲木魚要學生去坐禪的聲音。

黃昏時，我已經簽了字，第三個地方的一間房子在此時成為了第三件事情。你看到了嗎？第三件事情不是快速的結果，它演化了很久，久到我沒有覺察它的發展，但是它是一直在發展著的。知道存在第三件事情的可能性是很重要的，這會讓我們不再被卡住，退後一步，喘息一下，有了不同的角度。否則，我們可能疲於衝突，隨便選擇一端或另一端，很多人的經驗卻告訴我們，結果往往一塌糊塗。

物理學家莫西．費登奎斯（Moshe Feldenkrais）是柔道黑帶，創造了整合身體和動作的一套方法。他住在俄國的時候，俄國經常有大大小小的戰爭，到處都看得到巨大苦難。他年輕時想要從軍救國，也曾考慮參政。但他跟自己說，二選一不是選擇。十四歲時（如果你住在有重大衝突的地方，你會早熟），他找到了他的第三件事情：他離開俄國，走了六個月，穿越歐洲，到了巴勒斯坦。這樣做，解決了年輕莫西的問題嗎？身為四〇年代的年輕猶太男孩，以色列建國的想法提供了希望和偉大的可能性。

我們應當記得，人生總是會遇到黑暗和光明，找到可靠的安全島嶼並永遠抓緊，只是幻想。這種幻想會讓我們惹上麻煩的，我們抓住一件事情，然後盲目遵從，或是在兩個選擇之間爭扎不已，以為二者之一最後會勝出。

你的深沉的衝突是什麼呢？你被什麼的兩端拉過來扯過去呢？有哪件事情讓你不斷掙扎卻毫無結果？

寫下它的兩極性，但不要試圖得出結論。

出去慢慢走一走。讓光線、樹木、建築的細節充盈你，讓世界回到你身邊，把衝突深深植入內心，用身邊的一切滋養它。

靜坐，感覺生而為人的美好。這個衝突是你往前邁入當下的基礎。如果天氣很熱，就讓它熱，不要逃到冷氣房去，它是這樣，就讓它這樣，新的東西將會誕生。

No.28 憤世嫉俗

我在科羅拉多州（Colorado）爬山時迷路了，天快要下雨，腦子漫不經心地計劃著和凱蒂·阿諾作一整天的慢走和書寫工作坊。凱蒂將近四十歲，身體非常勇健，全身沒有一塊多餘的脂肪，她曾經揹著九公斤的一歲孩子爬上海拔四千公尺的高山，那時她的丈夫則是揹著十五公斤的大女兒同行。我們的一日工作坊不打算做這麼激烈的運動，可能去聖塔菲城外幾公里處的草原走走，那裡坡度很緩和，或許，也可能去城鎮西邊的代阿布洛峽谷，那裡很戲劇性，非常美麗，但很溫和。

我真的迷路了，腦子和山路都是。雨水像小河似的流下山徑，我沒帶雨衣，但不在乎，只不過是水嘛，而且我還看得到山下的烏雷鎮，最後一定會找到路的。我在想的是，凱蒂懂得很多我永遠不會懂的登山知識（是的，一定要帶雨衣，但是她不強制，我也不想知道實際操作的知識）。我們如果都在城裡，每週二早上會一起爬山，但我從未問過她這些問題，從未問過她知道些什麼。我在累積能量，想教工作坊的學生發展好奇心，而不是

盲目接受——凱蒂是很棒的爬山專家——我要他們渴望瞭解，渴望連結，在大腦灰質裡創造更多皺摺，更具有看透事物表相的傾向，否則，我們要如何書寫呢？表相完全不夠：凱蒂很瘦，她帶著我們走，很好玩，在大自然裡走走是很棒的。

我們要提出讓凱蒂思考的問題：什麼是你的動力？跟我們說說你首次感到內在對山岳的飢渴甦醒了過來的感受是什麼？你因此和你丈夫產生連結嗎？你害怕有了孩子會拖累你嗎？

我聽起來會不會太多管閒事？我能說什麼呢？作家就是愛多管閒事啊！事情是如何發生的？底層的驅動力是什麼？

這個問題很好：像你這樣的運動員，為什麼會願意每週二上午，和比你大了二十三歲的娜妲莉這種愛作夢的人一起爬山呢？這樣問會不會很糟糕？不。作家要說實話。

當然，我可以猜測。其中一個原因可能是因為凱蒂是個很慷慨的人。但有時候不要作假設比較好。提出問題，傾聽答案。

請不要忘了問關於環境的細節。前面那叢灌木叫什麼？那排破石頭呢？渴望求知，並吸收一切。在我們的社會裡，我們經常問一些沒有意義的問題，就只是為了塞滿空乏，期待一切都有名字。最重要的是：要專注，深沉的專注。

困惑來了，這是發展作家心態的陷阱。腦子可能被卡住，並往黑暗面去。精明、有分辨心是很好的，但我們不要接受表面意義，而要訓練自己明白事物真相，包括願意看到墮落、背叛、貪婪、歪歪扭扭的世界。但是，穿越表層狀態也可能造成憤世嫉俗的態度，即使是很單純的散步也可能變成批評誹謗。前面是什麼聲音？噢，不，沙灘車與三個十歲孩子，正在破壞環境，他們為什麼不移動身體？這些思緒可以一直往下延伸，最後，作家可能變成意見一堆又尖酸苛薄的人，無法忍受人性。

比爾・摩耶爾斯（Bill Moyers）最近在國家公立廣播台（National Public Radio）說到這一點。他說，他靠著意志力，無論如何都不讓自己變得憤世嫉俗。

建立靜坐的習慣會有幫助，創造出一個空間，和心連結，在無常、無我與歸零的智慧裡深耕自己，不然，世界的苦難令人無法承受，我們會因此變得麻木不仁，或一直感到憤怒。

菲利浦・戈里維奇（Philip Gourevitch）寫了《我們想告知你，我們和我們的家人明天將被殺害：盧安達的故事》（*We Wish to Inform You That Tomorrow We Will Be Killed With Our Families: Stories from Rwanda*）。他不斷地回到盧安達，瞭解圖西人（Tutsis）大肆屠殺胡圖人（Hutus）的動態，並且精確地傳播消息，好讓世人瞭解。他仍在持續寫作，報導盧安達的和平進展與其複雜性。

我讀了他的書以後，主動打電話給《巴黎評論》（*Paris Review*）。他在那邊擔任編輯，而我不期待能夠接通，但是才一會兒，我們就連上線了。

他說：「喂？」

「我剛讀完你的書。謝謝你的努力。」

另一端陷入靜默。我覺得自己好蠢。「嗯，我打來就是要說這個。」

我們掛斷電話。

我沒做好準備。我應該問他，是什麼讓他持續不懈。

在書裡，他說他的家庭是納粹大屠殺的倖存者，因此懷抱著「再也不能發生這種慘事」的決心。如果我們希望慘事不要一再發生，我們必須先瞭解其結構，願意深入研究，在接近的同時，不被燃燒殆盡。

我們逃避的一切將使我們墮落扭曲，我們總是扭曲地逃離。書寫會透漏出端倪，靜坐和慢走也會。

如果我們真的彼此連結，那麼，無論我們逃避什麼，我們都是在逃避自己。我們說非洲是黑暗大陸，那是因為我們投射了自身的黑暗，我們掠奪、殖民、強暴了非洲，然後我們說，一切都是他們的錯。

最近的一年性「真正的祕密」避靜寫作營的學生對某些指定閱讀很有意見：《我們想告知你，我們和我們的家人明天將被殺害：盧安達的故事》、描述第二次世界大戰日本戰俘營的《利奧波德國王的鬼魂》（*King Leopold's Ghost*）、一位移民加州的菲律賓男人的回憶錄、兩本關於納粹屠殺猶太人的書。但是當我們閱讀並討論這些書時，我們的理解變得非常解放、有活力。我們更為活躍敏銳，不再將恐懼埋藏在潛意識裡；恐懼站了出來，就在我們眼前，我可以看到它，認養它。

西蒙．波娃在《第二性》（*The Second Sex*）裡寫道，為了創作，我們必須深深地紮根，而不是活在邊緣——社會上大部分女人的處境。活力來自於身處核心，對於發生的一切保持清醒。

靜坐時，和你的恐懼相處，直到你消化它、瞭解它、不再與它隔離，於是你心裡的愛得以打開。這過程並不容易，但是有益，畢竟，我們不是獨自存在的個體，海那一頭的希臘經濟崩頹，美國的經濟也為之震動；索馬利亞（Somalia）或剛果（Congo）的不公不義和虐殺，也削弱了整體人性；你住的城市發生了殺人事件，街坊鄰居都感受到了恐懼的漣漪，還感到羞恥，讓我們無法正眼直視彼此。

這是真的。我們都知道。

禪師柏尼．葛萊斯門（Bernie Glassman）有個練習叫做「承擔見證」（Bearing Witness）。你進入一個很困難、很複雜的狀況，什麼都不知道，沒有既定的想法或意見，只能感覺、傾聽、活在當下、成為其中的一份子。不帶批判的心態能讓你定位，以找到協助改變現況的方法。不是因為你需要讓事情變得更好，才讓你感覺良好；也不是為了消除你自己的恐懼，而使你在空虛的狀態下行動。你把自己拿開，不再擋路。

葛萊斯門曾經帶五日禪的學生到奧斯威辛集中營、盧安達、露宿紐約街頭、走進監獄。他明白，人們受難的地方也是療癒的地方，但我們必須先見證那裡的苦難。

常常，照護者、和平工作者、作家……等等人士一開始工作時充滿深刻的關懷，但很快地，關懷變成無感，因為他們無法承擔痛苦。有時候，我們不斷行動，好像得辛苦努力，才能找到心裡的寧靜，但是，我們可能只是在掩飾自己的逃避和麻痺，因為已經承受不住現實。即使是自我憎惡，都可能只是防衛機制，以避免感受到現實，因此，我們需要學習慈悲，對服務對象慈悲，也對我們自己慈悲。這個精神元素可以支持我們的工作，讓它得以長長久久。

壓力太大或失去連結時，我喜歡重述以下這段美好的祈禱詞：

願我快樂
願我和平
願我自由
願我擁有輕緩舒適的安康

願我安全
願我健康

以傳統作法而言，你需要將祈禱迴向給別人以及世界。但我發現，只要我真心感覺祈禱詞在我體內散播，很自然地就會延伸出去，迴向給他人和世界萬物。你可以將祈禱詞縮短成：快樂、和平、自由、輕鬆、安全、健康。沒有主詞受詞，就沒有給予也沒有接受。

No.29 放下

一整週的「真正的祕密」避靜寫作營進行到最後一個早晨了，我們都很安靜。

通常，靜坐的時候，我會鼓勵學生用呼吸安定自己的意識。「無論你在想什麼，無論你的腦子跑到哪裡去了，拋下那些，回到呼吸。」

避靜寫作營的整個星期裡，我一直告訴他們，腦子會亂跑，沒關係。這很正常，我們的練習就是要不斷地回來，不要相信每一個思緒，不要讓這些思緒帶你離開當下。回到呼吸的動作、回到當下，每一次都會讓意識更為強韌，更為有力。

但是這個早晨，我們好像變得太安靜了，我們在呼吸中休息了起來，好像躺在豪華沙發裡似的。喜鵲的叫聲、汽車的引擎聲、狗的吠叫聲，太陽從雲層間露出臉來，木質地板上突然出現了溫柔的光影，我們甚至可以感覺到光禿禿的白楊枝枒搔著天空。當然，白楊不在屋裡，但我們和萬物一同靜坐，處在宇宙核心。

我輕輕說：「放下」，沒別的指示。整個房間好像塌了，塌到底了，塌到了意識的底層。

「放下」指的是什麼呢？我們正在靜坐，我打斷大家：「好，讓我們停一會兒，拿出筆記本。一個人若要處於當下，必須放下些什麼？通通列出來。例如，你的身份認同——國家、年紀、性別。」

他們嚇了一跳。我打破靜默，給他們作業，沒有事先搖鈴兩次表示結束靜坐。我也吃了一驚。但是大家都寫了起來，然後我們輪流唸出清單。

競賽／宗教／州
工作／希望事情改變／歷史
文化／等待／成功
正確／好的或糟糕的作者／金錢
憤怒／要留或不留什麼／飢餓
希望／努力／需要
依附關係／離開／死亡
形象

每個人都輪流過一次之後，感覺上，我們一定已經說出所有的事物了，我們再輪一次，很驚訝的發現還有許多。

熱心／慾望悔恨／羨慕
抗拒／興奮／時間
觀念／期待／背叛
團體動力／癡迷／我是否擁有足夠
判斷／信念／地位
失望／二元性／恐懼
人際關係／坐的時候，身體打直

「我們繼續靜坐。我們可以拋下這些負擔嗎？」我搖鈴三次，希望將終止這嚇人的刺激，重新開始靜坐。

很難回到那麼深沉的安靜。我們很興奮：意見，我們剛剛沒提到「意見」。這次靜坐感覺到的不是巨大的、打開的空無，而是感受到我們所建立的各種限制，逼著我們到角落。我們創造了各種限制來形成自我，包括我們的名字也是。倒不是說，我們應該取消這一切，沒有綽號、沒有來自何處，也沒有要去哪，但這不就是我們存在的真實狀況嗎？我們到底是誰？我從美國來。這句話的真正意義是什麼？從五十州來嗎？
我們談的是自由。我們無法背棄自己的身份，但或許我們可以讓它輕盈一點，不要這麼沉重。
當我們坐下，試圖放下，我們可以讓呼吸的氣息穿越這些偏狹，充盈腹部。想一想：當我們閉上眼睛吸氣，我們還有大學學歷嗎？
避靜寫作營的那週，世界如此明淨，冬天將至，戶外生氣蓬勃，我們也顯得有活力。白天短了，夜晚長了，乾乾的野草發出摩擦的聲音，臉上覺得冷冷的，鼻子癢癢的，聞到松子燃燒的味道。二十分鐘後，我搖鈴。「冬天應該也在單子上，也該放下它吧？」
我們決定，或許，該放掉的是冬季的概念，而不是實際的經驗。
我們開始在室內慢走，一步接著一步，走到戶外，光著腳在冰冷的石板走廊上走，走到被太陽照暖的木質坡道，走到了院子裡，讓陽光和寒氣撒在我們身上。
我喊：「站住別動。」
我們都雙腳合併，雙手放在身側。平常我們很少讓自己就這樣站著。
呼吸了三次，我們踏出左腳，開始慢慢走回原先的室內。
我說：「好，現在我們討論個人特定議題。你需要放下什麼？開始。十分鐘。看看冒出些什麼。」

我必須放下肉桂、咖哩、紅辣椒、褪黑激素、藍莓、海洋、記憶裡裡穿著藍色游泳褲的父親、沙灘上的腳印、碎石路的味道、蠟紙包著的雞肉三明治、一瓶百事可樂在唇邊時頭往後仰、有紗窗圍繞的長廊但油漆剝落的白色建築、下午的長影和前額粘住的濕頭髮。果醬的味道、黑莓的蔓藤、一隻叫作蓬蓬的狗。塗了芥末醬的白麵包做的義大利香腸三明治，有蕾絲的窗簾、我的祖父脫了上衣割草。我必須放下過去的紫藤草叢、綠色車庫、車道、街道、山丘、人行道、轉角口、一叢野草、黃色的空氣、牙齒中間夾著的開心果的果核、我的莉爾阿姨、肯尼、蕾阿姨和山姆叔叔。希望天黑前到家、祖父抽屜裡的幸運一分錢幣、穿著粉紅格子衣服和厚重鞋子的祖母。

我們沒有提到放下回憶，即使是甜美的回憶。不是因為那不好，但靜坐時就只是靜坐。不是回到路易斯安那（Louisiana）、夏天、清涼的冷飲。書寫的時候再來回憶那些，把自己留給當下的種種與奇妙，不要錯過了。

現在，親愛的讀者，忘記我們在那個十二月早晨寫的單子。坐下，寫你自己的單子，列出各種不知不覺間揹在肩膀上的結構，各種早已經進入你體內的立場與態度，無論真偽。不要擔心你的單子裡也出現了以上列出的項目，如果它們冒了出來，那就是你也要放下的。

現在，去坐在一個有陽光的地方，或一個溫暖的地方，或一棵樹下，或沉浸在原地。深吸一口氣，穿越這一切，成為純粹的存有。放下，享受自己，很可能，你現在感覺如此溫和，不太會寫出很個人的項目。

其他的時候，不管是等一下，今天晚上，明天，或一週後，去另一個層次，個人化的層次，坐下，不再只是寫清單了，直接作書寫練習，不要停手，看看你能放下些什麼？你揹負了什麼？寫二十分鐘，要誠實。一面寫，一面跟隨著冒出來的奇怪想法、扭曲回憶、膚淺直覺或遙遠色彩，他們將帶著你，將你的心智擦得更亮。

回頭看看自己的肩膀，沒有任何東西。我們把那些都內化了。

第四部分

相遇與老師

我發誓喚醒世界上的人

我發誓讓無盡的心痛安寧

我發誓走進所有的智慧之門

我發誓用偉大的作家的方式生活

——《四句無極誓言》（Four Boundless Vows）
稍作修改
喬安・薩德蘭德（Joan Sutherland）和約翰・塔倫特（John Tarrant）原譯

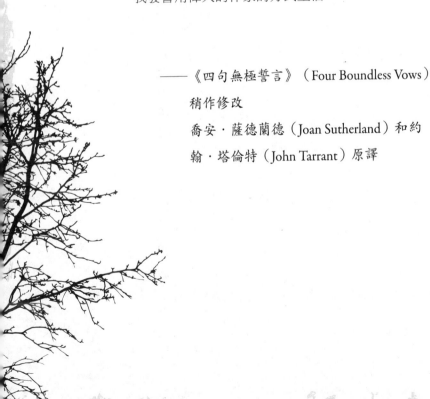

No.30 老師

親愛的讀者，你知道小林一茶（Issa）嗎？偉大的日本俳句作家？他兩歲的時候，母親就過世了。六歲時，他寫了第一首詩：（譯案：此處詩為英文中譯）

噢，無母的燕子
來，
跟我玩

在這首詩裡，你聽到了什麼？舉手。

慈悲，對
哀傷，對
玩耍，對

還有呢？

寂寞，對

空虛，對

想要連結，對

善良，對

這樣的詩讓師生一起延伸視野。

大約二十七年前，二十位書寫學生從聖塔菲飛到明尼亞波利，在城外幾小時車程處的一個寺院裡跟著我學習。一位剛強、好問、有衝勁的學生很有遠見，事先打電話約見當時仍在世的片桐大忍禪師，好在我們開車抵達前，她可以先和禪師會面。

第二天，我問她：「昨天和禪師談得如何？」

「沒什麼，」她聳聳肩膀說：「我去了，問他：『禪是什麼？』」

「他在書房，盤腿坐在矮桌旁。他拿起一本書。『你可以這樣放下一本書……』他隨意地把書丟在桌上。」她用手做出動作給我看。「『……或是這樣放下。』他留心地把書好好放在桌上。『第二種方式就是禪。』然後他鞠躬，會談結束。」她又聳聳肩膀，嘴角往下。

片桐禪師沒有浪費時間。她也許聽懂了，也許沒有。

每個人都想從老師那裡得到什麼，但是往往在多年之後才明白其中的道理。如果我們夠幸運，最終都會明白的。片桐禪師曾說，那個簡單的練習就是禪的目標，每一個時刻，對每一個存有都懷抱慈悲，他指的存有不只是貓、狗和人類，也包括地板、天花板、牆壁、鞋子、樹、蘋果、杯子、燈，延伸到生活中的一切。

即使是我的衣服：無論多晚了，無論我多累了，我就是不能躺下就睡，我必須先把衣服摺好、放好，就算我其實不那麼在乎衣服，但我的意見不重要，避靜寫作營的一個學生就把摺衣服當作自己的練習之一，因為她常把衣服到處亂丟。喜歡這個、不喜歡那樣，我們總是批判著，但偉大的道路沒什麼不同，就只是不要再挑來挑去（大約西元六百年，第三位禪宗大師說的）。練習的血液流過我們生命，進而超越，我可以想像，等我死了以後，還在摺衣服，摺衣服不會靜止或永恆，但是不會停。

一個十年前認識的學生突然出現在另一個班上的前排，當然，他不是米雪爾本人，而是某位手勢相似、歪頭的方式相似的人。我們能夠持續，也不持續地，走在那條細細的、區別了改變和延續的界線上嗎？並且，在此波動中心懷感恩，卻不抓住它嗎？感恩就像給關節加點油，讓我們得以放手，同時停下來，明白我們接受了什麼。感恩是人類發展最高階、最成熟的情緒了。

有老師很好。我每聽到大家批評教學和學校時，就覺得哀傷。我的童年家庭雖然亂七八糟，但我還是從點名、桌子排整齊、被一堂堂的課所切分的一塊塊時間、以及上課與下課的鐘聲之中，學到了秩序。這和禪修沒什麼不同，也有很多人是在軍隊裡學習秩序的。

在古代的中國，老師是最為尊貴的職業，即便當商人掘起，擁有財富，一般人還是不看重商人。有一位老師，貧窮，穿著破爛，卻擁有很高的社會地位，他的內在懷抱著真正的慷慨和關懷，貧窮的他，為了分享和傳授學問奉獻一生，讓社會因此更為豐足。

老師教我們閱讀、書寫、做數學。拿起工具——筆、鍵盤、鉛筆——形成文字，都是非常簡單但基本的技能。謝謝您，米勒老師、麥奇老師、史奈德老師、柏斯特老師、伯克老師，許許多多的教導成就了今天的我們。

六年級時的諾蘭老師在一排排的學生間走來走去，每次經過我的位子時，都會被我的書包絆到。他每天都穿一套舊灰色西裝，從沒有叫我把書包挪動，而我也從不挪開它。即便到了現在，我還可以看見他挺直的鼻樑，筆直的黑髮，他絆了一跤，直起身，打斷的不是我的專注學習，而是我和隔壁女生的竊竊私語。那女生的名字是什麼？短短的金髮，沒有父親，只有單親的母親。對，克莉絲，她現在如何了呢？諾蘭老師，謝謝您，我不記得自己學了什麼，但那段時間你陪著我長大，那時我才十一歲，快要十二，若換個時間、地點，我會把我的褐色假皮書包挪開，你可以好好走路。

No.31 描述詩

（譯案：在文學術語中，描述詩是通過一系列比喻，詳細描述所愛之人，尤其是女性之美的寫作手法。）

米莉安在聖塔菲社區大學（Santa Fe Community College）教「描述詩」（blazon），這是法文詩的一種形式，在詩內列舉愛人的優點。

這就是法國人。還有什麼比描述愛人的美更重要呢？

學校主任把頭伸進教室，說：「學校關閉了，現在，新的州長宣布進入緊急狀態，請離開這棟建築，暖氣已經關了，節省能源。」

零下二十二度，零下三十度，我在明尼蘇達州和北達科達州的朋友在笑我們了。真是沒用，幾天酷寒，整個州就垮了，如果打仗了呢？我們根本就沒有準備。

學生衝向教室門口，丟下米莉安一個人站在黑板前，「可是，可是……」，她叨唸著：「我正在教你們很重要的一種詩的形式，關於愛的，還有什麼比這更重要？愛可以讓你保持溫暖。」她對著學生的背影說話：「停下來，停，全班的同學，你們要去哪？」但是，他們已經跑光了。

我包得緊緊的去散步，就為了叛逆。我穿了好多層衣服去爬山，心臟狂跳，然後熱壞了，必須脱掉帽子和手套。新墨西哥州很窮，不是每個人都買得起這麼多衣物的。

我開車回家，聽著新聞，心裡想，我才不在乎別人説什麼。我很確定，文學是最重要的東西。如果沒有作家，即使是我從未閱讀過的作家，我們要如何是好？我和朋友沒有選擇膚淺事物作為終生志業，我們並非無足輕重。

來吧，米莉安，跟我説這種詩的形式。

「描述詩」指的是十六世紀開始的一種詩的形式，以前用來誇讚女人，用各種比喻描述她的身體各個部分。從那時開始，這種形式就被用在文學作品中。有名的例子包括莎士比亞（Shakespeare），有趣的是，莎士比亞捨棄了一般常用的老生常談：

我的情人，眼睛完全不像太陽；
珊瑚比她的雙唇更紅；
如果雪是白的，為何她的胸脯是褐色的；
如果頭髮是鐵絲，她頭上長著黑色的鐵絲。
我看過有皺摺的玫瑰，有白有紅，
但是我在她臉頰上看不到玫瑰，

有些香水很令人愉悅
比我的情人的氣息更為芳香。
我愛聽她說話，但我也知道，
音樂較之更為悅耳。
我承認從未見過女神走路；
我的情人走路時重重踏地。
可是，老天爺，我想我的愛極為稀有
任何她擁有過的愛都無法比較。

你不得不愛莎士比亞。他穿越了文學，把愛紮根於大地。他用了既有的形式隱喻，卻說了「不」，這是他自身的某種覺醒。

以下幾行選自安德烈·布勒東（Andre Breton）的描述詩〈自由結合〉（Free Union），有點接近清單式的描述，但是很有趣：

我的妻子，頭髮像灌木失火
思考像夏天的雷電

腰像沙漏
她的腰，就像老虎口中咬住的水獺
她的嘴像明亮的帽徽，氣息像最亮的星辰
她的牙齒留下的印記
就像白雪上小老鼠留下的腳印
她的舌頭用琥珀和磨光的玻璃做成
她的舌頭是刺破了的薄餅
眼睛會開闔的娃娃的舌頭
她的舌頭是一塊驚人的石頭

——大衛・安亭（David Antin）翻譯

這首詩和詩的標題搭配得很好：〈自由結合〉。這個標題允許我們作出狂野的聯想，信任心智週邊的靈光一閃。這很好，讓我們更寬廣、更放空。當我們在書寫之後，開始靜坐冥想時，我們可以很安靜。

試著寫一首描述詩，很快地寫，不要思考。為了米莉安，回到教室書寫吧！這個練習讓肌肉放鬆，目標就是寫得荒唐、不合邏輯。她比一匹馬還大，比山還寬，來我身邊，我的小老鼠，沙灘上的碎石，失明者眼中的蘋果……

別忘了，在世界某些地方，例如亞洲，「存有」指的不只是人類或雞而已，即便是一張椅子、門柱、彈珠，都有生命，為一本書或前廊階梯寫一首描述詩吧？

讓我們留在米莉安的班上，即使暖氣已經關了。讓我們聽她朗讀她寫的《寡婦的大衣》（*The Widow's Coat*）詩集裡面的一首現代描述詩。她在一九九九年寫了這本詩集，紀念早逝的丈夫：

我的丈夫留了鬍子，貼著戒菸膏藥的禪師
我的丈夫站在開啟的墳墓前，手上都是泥土
我的丈夫是猶太人，潰瘍流著血
我的丈夫是象牙珠子，刻進了頭顱
戴著名牌墨鏡，超速罰單，整套的寒山畫作品集
減重，像集中營的人那麼瘦，集中營的新名字叫做結腸炎
其他的名字是日文的水道
名字來自西方的美桐樹

本來的名字在埃利斯島（Ellis Island）改了（譯案：埃利斯島是戰後歐洲移民進入美國的大門，難民在那裡接受體檢和身家調查，很多猶太人趁此機會改變姓名，以掩藏猶太血統）
我的丈夫一輩子只買過一雙靴子
我吻他的那天，他開始嘔吐
他掉了十八公斤，他的手腕
讓我狂亂，誰蛻變了，鸚鵡或北極熊
我的丈夫游泳不戴眼鏡
對著地平線，紅色的油船
他站起來，流著生鏽的血
他用血寫下名字的字首
他陪我生產
他欠我五十元
他給我一個蘑菇
他移動灑水器
他用雕刻刀刮傷了料理台
他盤腿坐下

他的名字是烏鴉和貧血和其他的祕密
形狀像明尼蘇達州的內臟
陰影，骷髏，貓頭鷹蛾
黑暗中，坐在貯存的雞蛋上
城市坐在自己的天際線上
帝國大廈，凱旋門，科伊特塔
世界的曲線用昂貴的電力點燃
這個電力就是我的丈夫

現在，不要再踉蹌蹣跚地抱怨天氣這麼冷了，寫一首描述詩吧。你目前沒有情人嗎？別荒謬了，情人到處都是，轉頭看看，那個穿著大衣站在街角等著綠燈的年輕男子，就寫他。

或是啃著三明治的老婦人，她正坐在人行道上，靠著建築物基座，用靴子勾著一輛塞滿了塑膠袋的購物車，以免被人推走，難道她不是我們珍愛之人嗎？我可不是在耍浪漫喔，你的關注，和你所列出的關於她的特質，就維繫了她的存在，無論是什麼狀況，都同時將我們和深層的力量連結。暫時忘記政治、意志力的鬥爭、權力的轉移；忘記生產、購物、金錢、股票交易、賽馬、飛機、腦科學及科技吧，是什麼力量驅動我們？連結我們？讓我們不再獨自一人？存有的偉大基底打開了，支撐住我們，靜坐讓我們締結真正的婚姻，文學則指點了迷津。

你可能會說，偉大的文學總是在描寫巨大的苦難。

但那不正是基石嗎？就在這兒，承受世界的苦難吧！

去吧，去書寫，就像米莉安教你的那樣。寫一首描述詩，現在就去。我給你十分鐘。

好了，靜下來。是我在規定時間。

現在，再十分鐘：列出二十樣你的生命無法或缺的事物。要誠實，你的手機可能是第一項，繼續寫。

我會寫什麼呢？完全不思考，立刻想到的？

1. 馬桶
2. 另一個人類的肌膚身體
3. 水
4. 巧克力

繼續寫下去之前，我想要編輯一下、評估一下，因為腦子在大喊：你真是太膚淺了，然後我告訴自己，閉嘴，繼續寫。我也很好奇，我這個小氣巴拉的腦子會冒出什麼東西來。

5. 新墨西哥州
6. 紐約
7. 我家
8. 熱茶
9. 牆上的畫
10. 我的朋友們
11. 字母

我一直想寫「馬」，我不騎馬，我從來沒有養過馬，但是要信任自己，寫下來。

12. 馬
13. 書店
14. 咖啡館和餐廳

15. 猶太食物——煎餅、雞湯、黑麥麵包做的鹽醃牛肉三明治
16. 大西洋
17. 我的內在生命
18. 爬山
19. 瑜珈
20. 樹

這是一張真實的清單嗎？或許不是。但什麼才是真實？也許明天我可以更接近真實。什麼才是最重要的？這是修行者的人生，不要採取行動或作出反應，而是注意，接近自己，接近他人，接近萬物，同時接受自己意識的真貌，在那裡與之會合。喔，娜妲莉，吃了那麼多有機食物之後，你還是忍不住要吃猶太食物，其中唯一的蔬菜只是醃黃瓜？

當然，我想吃，我特別喜歡黑麥麵包上的芥末。

身而為人到底是怎麼回事？

前幾天晚餐時，我跟米莉安說，你注意到了嗎？我們二十五年前認識的朋友都沒怎麼變？有些人更成功了，有些人生了孩子，離婚了，再婚了，可是都沒那麼不同。有所變，但也有所不變。

我也注意到，無論我的外在生活如何改善，新的房子、新的女性朋友、新書合約，我還是有相同的內在掙扎，相同的扭曲痛苦。能夠注意到這一點，就很有幫助了。我認得出這些老朋友，但不那麼相信它們了。

放下，我輕聲對自己說。

避靜寫作營中，我們靜坐時，我對學生一再輕輕提醒：「放下。」

No.32 王維：詩，唯一的真實

路邊已經累積了五天的雪，晚上，我走路去參加一個讀詩會，靴子底下發出很大的碎裂聲。我坐進角落一張胖胖的沙發裡，喬安・哈利法克斯（Joan Halifax）手上拿著王維的一首詩。王維是八世紀時的中國詩人，而這首詩，是肯尼斯・瑞克思羅斯（Kenneth Rexroth）翻譯的。喬安說：「瑞克思羅斯將死之際，羅伯特・布萊（Robert Bly）帶我去看他，我立刻知道，他是一位真正的詩人。」

她舉起寫著詩的那張紙，準備朗讀時，我插嘴了：「等一等，你那時候怎麼知道他是真正的詩人？」我可不肯讓她說了那句話卻不進一步解釋。

喬安的內涵是這樣豐富，有時候，需要別人的好奇心把她內在的寶挖引導出來。關於詩，這是你的第一堂課：不要害怕飢渴，不要害怕想要一切。

「布萊為瑞克思羅斯朗讀哈菲茲（Hafiz）和魯米（Rumi）的詩，瑞克思羅斯就躺在那裡，閉著眼睛。這些詩人開啟了他，當瑞克思羅斯聽到布萊唸自己的詩時，他好像第一

次聽到這些詩似的，大大的淚珠流滑下臉頰。」

「噢！」我說，吞了一口口水。

喬安唸了王維的詩，好像一顆石頭直接落入了人心，漣漪綿延了十幾世紀，房間裡所有的人都感覺到了。

二十四歲時，詩帶我進入多彩多姿的光影和語言的世界。詩充盈了我十三年之久，後來我開始寫散文，就再也沒有回頭讀詩了。我在無意之間捨棄了一個偉大的愛，看到別的東西發出光芒，我就跟了上去。我那時最後閱讀的一批詩人，如杰拉爾德・斯恩特（Gerald Stern）、葉胡達・阿米亥（Yehuda Amichai）、巴勃魯・聶魯達（Pablo Neruda）、琳達・葛列格（Linda Gregg）、莎倫・歐茲（Sharon Olds）等，是偉大的西方詩人，對詩精雕細琢，細緻而講究。

但我談起這位中國詩人時，我會顫抖。王維的詩非常簡單，你幾乎不會特別注意到。

木蘭柴

秋山斂餘照，飛鳥逐前侶。
彩翠時分明，夕嵐無處所。

王維沒有刻意建構詩意，但寫出的意像一個接著一個，若刻意了，反而會是阻礙。山上的光影；天上的兩隻鳥、色彩，然後他注意到黃昏時的霧氣沒有固定在某個地方。一，二，三，四，沒有評估，沒有批判，只是用平靜的雙眼看著，簡樸而赤誠。他給了我們冥想的意識。很接近，近到那麼多世紀之後還能夠碰觸我們。沒有多作增添，沒有緊張兮兮的顫音，沒有忙碌的思考和評論，便遇見事物的本然。從這裡，冒出了巨大的真理，「無處所」。我們在哪裡？我們是誰？

在我們的社會，詩有可能是唯一的真實了。詩人無法發財，你無法用詩付你的瓦斯或電費，社會裡其他一切都有價錢，但詩從來就沒有。

所以，寫詩是很好的練習。詩可能帶我們去到某處，遇見大家一直都知道的未知。真相就是，你不是笨蛋。把蛋糕從嘴巴拿走，擦掉幾層化妝品，抹掉眼裡的睏意吧！看到了嗎？這裡，這裡，和這裡。我認真地研究和靜坐多年，不是為了學習新知，而是讓自己的意識形成某種形式和結構。四年級的小娜妲莉，應該是二年級，在春天時聞著教室外面潮溼的樹幹，波斯特老師和麥奇老師要我往前看黑板。同時，坐在我前面的蘿賓．華格納正在筆記本的邊緣畫著她的馬，佩姬蘇。教室充斥著渴望。現在，詩人轉過來，點頭，肯定了我們是誰。肯尼斯．瑞克思羅斯在生死邊緣遇見自己。

詩需要時間。如果我們給詩一些時間，詩也會給我們一些東西。沒有耐性的話，我什麼也得不到。

西元六一八年到九〇七年的黃金歲月裡，唐朝的中國人在許多情況下都會寫詩，道別、離開、路途中、為表弟寫詩、寫給長官、或被山岳啟發了詩興。

讓我們看看另一首王維的詩：

渭城曲　送元二使安西

渭城朝雨浥輕塵，客舍青青柳色新。
勸君更盡一杯酒，西出陽關無故人。

詩的標題不但肯定了為某個特殊狀況寫詩的傳統，也交代了某個獨特的情境，寫詩為的不是抽象的概念，也不是模糊不清的理由。一位朋友要離開了，而這件事情很重要。友誼一直都是中國最古老的藝術形式，王維特別培育了友誼之詩。他靠著友誼，度過被宮廷流放、妻子早逝、母親過世的日子。這是他隱居山野，度過公職上的糾葛、羞辱和免職時的慰藉。

這些中國詩常常提到酒。他們喜歡喝酒，這是人際上的連結和歡樂。你難道不會如此嗎?景象如此開闊,長路漫漫,許久才遇到一個人。「西出陽關」之後,你就只剩下自己了。陽關是一個真實存在的地方,卻又不止於此。那裡極為荒涼,沒什麼人,也許只有陌生人。無需討論空無和死亡,無需召喚,我們四周全是各種的死亡,在這首詩裡,有那麼一個地方,就連朋友也無法跨越。

王維在宮廷有個職位。在那個時代,公務員都得會寫詩,如果寫得好,就更好了。王維喜歡政治,也喜歡大自然,他在二者之間搖擺,在關照世俗與安在無常之間來來回回。在城市裡,他嚮往山水之間;獨處時,他希望有人陪伴。聽起來很熟悉吧?這是王維的個人故事。他呈現的不是弱點,而是他的深度和強度,讓他的詩有了人性。

以下這首很能代表王維的內心:

贈祖三詠

蟰蛸掛虛牖,蟋蟀鳴前除。歲晏涼風至,君子復何如。
高館閴無人,離居不可道。閒門寂已閉,落日照秋草。
雖有近音信,千里阻河關。中復客汝潁,去年歸舊山。

結交二十載，不得一日展。貧病子既深，契闊余不淺。
仲秋雖未歸，暮秋以為期。良會詎幾日，終日長相思。

八年前，一位朋友在我的前廊留了一張紙條：「這首詩讓我想到了你，祝你新居愉快。」紙條上有一首王維的詩，很切合我那時的情況：我從道斯鎮搬到聖塔菲。

偶然作六首之懶賦詩

老來懶賦詩，惟有老相隨。宿世謬詞客，前生應畫師。
不能舍余習，偶被世人知。名字本皆是，此心還不知。

我在前廊靜坐了六年，聽著電話線上的鴿子哀鳴，看著知更鳥在水池中玩水。乾燥的夏日，野兔和花栗鼠也站在水池邊喝水。

在前廊靜坐時，我不知道自己是男是女，膚色是黑是白還是褐色，也不知道自己是猶太人還是佛教徒。那段歲月很棒，陽光從松樹枝枒間撒下，老房東還沒過世。她後來於八十五歲辭世了，走得過早，她已經買好了隔年夏天的歌劇季票。

現在，你。讀一讀詩，知道王維是誰，應該就夠了。是夠了，但對不起，我是個舊式的工藝匠、夏令營輔導員、老師。你需要努力，才能真正認識王維，深深將他銘刻在身體裡。

所以，首先，列出你想寫詩的情況。這張清單創造了結構，也讓你保持警醒，隨時尋找適合寫詩的情況。

當然，寫一些詩，跟著你的感覺，跟著當下實相。你可能得先安靜下來，慢走一下，一面走，一面撿起三顆你喜歡的石頭，在掌心一顆顆翻轉。好了，寫六行詩句，開始吧。

接下來的三個月，讓我們對王維致敬，對那個重視友誼的中國古老文化致敬。如果不好好善用世界的事物與情況，我們就不夠誠實了。不要華麗的辭藻，王維對我們感到好奇，他給了我們他的世界，把你的世界也呈現給他吧。

以下這首詩來自詩人傑克．吉爾伯特（Jack Gilbert）：

敬王維

陌生女人睡在床的另一邊。
她淺淺的呼吸像一個祕密

活在她的體內。他們彼此認識
三天，四年前的加州。她
訂婚了，結婚了。現在，冬季
吹落了最後的麻州樹葉。
兩點的波士頓和緬因州過去了。
呼喚長夜，像長號鳴放。
將他留在之後的寂靜中。她昨天哭了
當他們在林中散步，但她不要
談論這件事情。她會解釋自己的苦難，
但她仍然陌生如前。無論發生了何事，
他不會找她。即便騷動侵入
狂野的身體，以及內心聲音的喧囂，他們仍然
對彼此保持神祕，對自己亦然。

不錯。現在看看你能寫些什麼。

No.33 海明威：未說之言

一位中國朋友從未去過西嶼（Key West），他很想去，因此我第三度造訪此處，後來還一個人去了海明威故居（Hemingway House）。朋友貝克辛（Baksim）不想騎腳踏車，我便自己租了一輛。這也是我第三度造訪海明威故居了。

第一次是三十年前和凱蒂．格林（Kate Green）一起去的。我們那時都是年輕作家，渴望任何跡象或鼓勵以堅持這條寫作之路。我們在西嶼的旅社訂了兩張床位，三個晚上，在有十個床位的通鋪宿舍裡。雙層床搖搖晃晃，床墊是鐵製的彈簧，我們兩個都睡在下層，一直小聲聊天到很晚。我們決定每兩年要寫一本書，試著找到傳說中田納西．威廉斯（Tennessee Williams）訪問期間去過的地點，而海明威故居，就像潮汐般震懾了我們，黃色的牆壁，二樓的綠色迴廊，妻子寶琳（Pauline）蓋的長型泳池……。那時候，海明威離開了十個月，參與西班牙內戰，並和瑪莎．蓋爾霍恩（Martha Gellhorn）發生外遇。第一次造訪時，這個地方燃燒起我們的野心，我們渴望被聽見，我們渴望寫得非常好，渴望永遠獻身文學。

十五年後，我又去了。那時候，我母親一個人住在棕櫚灘（Palm Beach），我們的關係一直緊張，我拖了好幾天不想去看她。我記得我坐了快艇去遠處一個沙灘，還去了一間同志書店，再度造訪海明威故居，但是只剩下一點點遙遠的記憶。我腦子裡全是即將見到母親的壓力，她都八十多歲了，衝動決定賣房子，要跨越整個美國搬到洛杉磯去，而且叫我去幫她打包。她的房子立刻賣了出去，賣給一位個子高大的義大利人，他頸間的金色項鍊垂掛在毛茸茸的裸露胸膛上。然後，她忽然後悔了，懇求這人拿回訂金，「讓老太太繼續安心活著吧」，當時我正被迫進入這一團混亂，只好暫時將海明威的文學世界拋在腦後。

首度造訪之後二十五年，第二次造訪之後十年，我第三度造訪。這次，毫無預警地，我受到了撞擊。一月底，屋裡都是觀光客，用手機不停照相，我好不容易找到了導覽人員，他的臉很紅，有黃色的大鬍子，似乎認為自己就是海明威了。每過一會兒，他就對著一個銀罐子吸一口氣，像是對這位偉大的作家致敬似的。他一直提到躁鬱症，海明威終生為精神疾病所苦，即使是他的酗酒，也有其意義：自我投藥。第三次造訪時，我已經認識一位很棒的南方作家，也有同樣的困擾，即便有好的醫療協助，還是很折磨人。可以想像，在海明威的時代沒有什麼藥物可用，深沉的憂鬱讓他像是陷在一個沒有窗戶的地下室裡，他只好每天晚上走路去喬的酒吧買醉。每天早上六點，他醒來，立刻去工作室。他的工作室是一間整修過的驛站的閣樓，下面是客房，平實無華，窗戶很大，有地毯，小小的木桌上有他的打字機和筆記本，牆上都是書架，掛了幾幅畫。

參觀那個房間的時候，時間靜止了，仍可明顯感覺到一種專注感的存在，我很容易想像他就坐在那裡，深深進入某個場景，將之傾倒在打字機的鍵盤上。我不是唯一感受到這一切的人，我身後幾位觀光客倒吸了一口氣，甚至安靜了下來。那十二年裡，他和寶琳撫養了兩個兒子。導覽人員唸了一長串海明威在這裡寫的書：《非洲的青山》（*Green Hills of Africa*）、《第五縱隊》（*The Fifth Column*）、《勝者一無所獲》（*Winner, Take Nothing*）、《雖有猶無》（*To Have and Have Not*），以及我最喜歡的書之一，《午後之死》（*Death in the Afternoon*）。

下午，海明威和一位他僱來的古巴人一起乘船出海釣魚，這位古巴人成為他的好朋友，可能就是《老人與海》（*The Old Man and the Sea*）裡的老人原型。他離開寶琳之後，和瑪莎結了婚，搬去古巴，買了房子住下來，在那裡他寫了《老人與海》。五年後，他和瑪莎也離婚了，他和第四任妻子瑪麗繼續住在古巴過冬天，夏天他們則住在艾達荷州（Idaho）的凱企姆（Ketchum）。

一九五九年古巴發生革命，卡斯楚（Castro）沒收了海明威的房子和船。這個損失，讓他變得極為抑鬱，無法振作，於是同意接受電擊療法。他原本期望電擊療法能夠有所幫助，結果這療法反而令他失去記憶，使他沒了過去，無法寫作，海明威最後自殺了。導覽人員說，這跟他的父親一樣，自殺也有家族遺傳嗎？

《老人與海》得到普立茲獎，一九五四年，海明威並因此書得到諾貝爾獎。他在牛皮紙袋的反面寫了得獎感言的初稿。我的兩個學生在紐約公立圖書館慶祝建館一百年的展覽中，看過這份初稿。他們告訴我，和最後的定稿沒多少差別。句子躊躇不定、尷尬、笨拙，你可以從他的文字感受到他的緊張，一開頭就是「我沒有能力……」，莎琳和朵蘿蒂看過這段開場白之後，經常開玩笑似地說這幾句話，但其實她們心裡頭，是被他的寂寞和缺乏安全感所感動的。這麼長久以來，海明威被視為偉大的白種獵人，無法穿透，刀槍不入。事實上，沒有一位作家是那樣的，也沒有任何一個人是那樣的。

導覽過後，我回到房子後面的小書店，買了這本有名的中篇小說。很久以前我就很愛這本書了，但是讀了那麼多書之後，我已經忘了它。我第一次讀《老人與海》是為了高中作業，即使在那個時候，都覺得這本書很棒。可惜，老師暗示老人就是基督，或某種宗教的象徵，我從此失去興趣。

我把書放進皮包，騎著粉紅色的腳踏車來回逛西嶼的街道，街上都是人，街旁都是橡樹和開花的木蘭。中午，在一間房子的陽台上，我和貝克辛見面。

「那是什麼？」她指著某院子裡的老榕樹說，那樹的氣根垂下，形成很寬的根部。

我說：「在印度，整個家族都住在這種樹下。」我也很喜歡這棵老榕樹，我看過很多榕樹，正試著想像第一次看到榕樹會是何光景。

我從皮包裡拿出海明威的書，打開到獻詞那一頁：獻給查理・史克里柏諾（Charlie Scribner）和麥克斯・柏金斯（Max Perkins）。史克里柏諾是一位偉大的出版家，那時候，海明威、費茲傑羅（Fitzgerald）和湯姆斯・沃爾夫（Thomas Wlofe）都還活著。麥克斯・柏金斯是他們的編輯。傳統老派的那種編輯，是會拎著一袋食物爬上很多層樓，去看你，借錢給你，鼓勵你的那種。柏金斯和沃爾夫合作了好幾個月，刪改一千一百一十四頁半透明薄紙上的初稿，創造出了《望鄉天使》（*Look Homeward, Angel*）。這位出版家和這位編輯培育了美國文學，而海明威彎腰書寫，不為了誰而寫，但也為了每個人而寫。我猜想他心中也有著這兩個人，他知道，如果寫得夠好的話，這兩個人能夠將他的書帶給大眾。

貝斯辛拿起書，翻到中間某頁，出聲朗讀，讓我感到狂喜。後來，我標出了這幾個段落。第二天我們搭渡輪回到麥爾茲堡（Fort Myers）時，約定共同出聲朗讀整本書。我開車經過大落羽杉平原，到大沼澤地時，我聽著貝斯辛朗讀，小白鷺從沼澤中飛起，我們正經過賽米諾爾人（譯案：北美原住民的一族）保留區的草屋。

「我從沒想過會對一本釣魚的書感興趣。」貝斯辛在華爾街的資訊科技業工作了三十年，「可是現在，我只在乎這本書。」

四週後，看著我標出來的段落，我對自己為何能標出它們感到佩服。自從去了佛州之後，我的生活似乎很忙碌，我需要安靜下來，才能再度感受這本書。我打開第三十二頁，再度閱讀：「太陽薄薄地從海上升起……」，我可以看見了。「薄薄地」是關鍵詞，某次特別的日出，我在那艘船裡往外看著。「……老人可以看到別的船，貼著水面航向海岸……」，我也看到他們了。「然後陽光亮了一些，光芒照到海面上，近一些時，平平的海面將它反射到他眼裡……」。

海明威對太陽和陽光層次的在乎從未減少，他總是被那尋常不過的日出所鼓舞，你一旦到了那裡，書裡的夢也會一頁一頁對你展開，那位老人成為世界上最棒的人。

這本書只有一百二十七頁。文字這麼少，卻說了這麼多。「如果散文作者對他正在寫的東西有足夠的瞭解，他可以省略掉一些他知道的事情，如果作者寫得夠真誠，讀者對這些被省略掉的事情還是會有很強的感覺，就像作者真正寫出來了一樣。」（引述自《午後之死》〔*The Death in the Afternoon*〕）

沒寫出來的和寫出來的一樣重要，這本書創造了空間讓我們和老人得以在一起。這本書也在我們的內在創造了空間，讓我們從書頁上抬起頭來，四周看看：水平線更為生動，光、雲和鐵軌的緩慢色彩，無論你在哪裡，工廠的磚塊，河上的橋，戴著紅帽子的女人正在撓她的鼻子，窗口的青蛙，街上骯髒的積雪，貓咪衝到柵欄下面……，世界是我們的。

冥想的方式很多。無論是什麼打開了我們，柔軟了我們的心，讓我們有活力面對人的世界，協助我們承受，那就是我們的道路。

某一天，我會去艾達荷州的凱企姆，站在海明威的墳前，說：謝謝您，謝謝，謝謝。

* * *

二〇一一年的一年性避靜寫作營開始了，我指定學生閱讀《老人與海》。這個寫作營在二月底開課，從一開始就很困難，氣溫突然降到零下十度、二十度、二十五度。新墨西哥州的氣溫從未如此低過，德州運油管都爆了，我們好幾天沒有暖氣。我從聖塔菲開車過去的時候，學校都關閉了，馬貝兒・道奇冷得像冰庫，但我們還是相聚了，在禪修中心靜坐，我是唯一面對窗戶的人。第一天早上，我看著大雪一直下，人行道上已經積了一層冰，雪就落在上面。有些學生來自北卡羅萊納州（North Carolina）、佛州、阿肯色斯州（Arkansas），有些來自德州和加州，他們的外套、手套、靴子都不夠暖。

很驚人地，六月時他們還是回來了。那時新墨西哥遇到旱災，一個學員說：「我洗頭髮的時候，頭髮就已經自然乾了。」已經好幾個月沒有下雨，亞利桑納州（Arizona）的野火已經燒到州界了，空氣裡都是煙霧。

九月，如果發生蝗災，我也不會驚訝。

第二天早上，我問：「你們有多少人讀過《老人與海》？」

幾乎所有人都舉起手。他們說，大部分是在學校時唸的。珍說：「很多年以前，我參加艾芙琳．伍德（Evelyn Wood）的速讀課，我們必須用五分鐘或十分鐘讀完這本書。」

「我想，這樣的書現在沒有人寫得出來了」，我說。是的，會有別的書籍描寫這個時代，但這位老人如此地親近了海洋和他抓到的魚，沒有釣魚竿或捲軸，只有用背抵住的釣魚線纏在手上。

桑亞住在墨西哥沿海的一個小漁村裡，說：「你無法相信觀光客帶來的設備，他們甚至有個機器可以探測魚在哪裡」，我們都騷動起來，好長的一段時間，沒有人說任何話，只是感覺著這本書裡的神祕。

幾乎到了午餐時間。我打破靜默，給他們作業。書寫十分鐘，就像海明威那樣，只用一、兩個音節的字。

記得一九七三年夏天，我在羅馬，下了火車。火車很長，暗綠色的，有著小小的霧面窗戶，蒸汽由煞車和引擎上面的小孔升起。火車站也很古老，高高的金屬橋跨越了一排一排的月台。那個時代，我只從別人的故事裡聽說過。我站在月台上，手上拿著行李箱，走向出口。我不知道要去哪裡，但我知道，美國女人在羅馬要小心，要看起來好像知道自己要去哪裡。如果她們看起來困惑，義大利男人會出現在身旁，提供協助。不可以接受他們的協助，雖然我確實需要協助，但不是現在。我走過巨大的鐵柵欄，走進一條巷子。路邊有計程車，司機站在人行道上，詢問每一位過路的人要不要搭計程車。我從美國的中西部來，每條街都是彼此平行的，如果有一排計程車，你應該坐第一輛。我要選一輛排到了最先載客的權利的計程車。但事情並非如此。在這裡，是看誰聲音最大，身體最接近（貼近我的身體，暗示著比搭載更多的訊息），手揮得最快——這一切，我都不熟悉。

——戴博拉・賀洛威（Deborah Holloway）

用單音節的字會讓我們更接近事物，我們必須用更多細節來交待複雜的情緒和思緒。作者無法躲在複雜的字眼後面，複雜的字往往沒有定型、模糊不清，或對讀者有其他的涵義。我們必須在內心的更深處尋找更親近的感覺，那躲在複雜的文字底下的感覺。我們不會脫離太遠，像是胖、紅色、生鮮、乾燥、熱、老、長、黑暗都很能夠描述景象。

現在該你嘗試了，讓海明威教你。記得：好的作家才是我們真正的老師。

No.34 溫蒂：南方的味道

我們來看看溫蒂・強生（Wendy Johnson）的書寫。溫蒂是長期禪修者、園藝家、《龍門園藝》（*Gardening at the Dragon's Gate*）的作者。過去十六年，她也為《三輪車》（*Tricycle*）雜誌寫園藝專欄。身為園藝家，她擷取土壤樣本，而我們則把她二〇一一年八月寫的專欄當作書寫樣本：

> 北卡羅來納州的大西洋海岸內陸，我浸潤在炎炎夏日裡。綠辣椒熟了，濃烈的鮮綠色，旁邊是胖胖的橢圓茄子和被陽光曬成金黃色的番茄，掛在熱壞了的藤蔓上。肥胖的蜜蜂，腳上沾滿了向日葵的花粉，在緩慢朦朧的八月飛來飛去。在這豐饒的忙碌中，我渴望乾燥的西南方節奏。

話不多說，黑白直線的禪修書寫就在此。夏日炎炎，「橢圓」茄子「胖胖的」；蓄

茄藤蔓，「熱壞了」；蜜蜂，「肥胖」、「沾滿」、「在緩慢朦朧的八月飛來飛去」。這是甘美濃厚的書寫。你一面讀，一面可以感覺到酷熱的重量。你準備好了，在碎石路上躺下，讓豔陽把你烤成褐色。

我又摘錄了後面的一段，我們在此學習書寫，不是學習園藝：

一百一十三天沒下雨了；深紅和暗灰色的天空滿是野火冒出的煙霧。我和二十五位禪修者、鄰居和朋友，站在花園光禿禿的泥土田埂上。我體內每一絲海風潮溼的分子都被榨乾了，在我們已知的園藝世界的嚴酷邊緣計劃著天堂。

洋鐵皮鏟子插入乾燥的土地，拔出來時，熱得像要燃燒。

八月了，這個禪修花園活生生的，存活的植物雖少，卻充滿了生命力。乾燥的天堂意念產生了很深的根。

溫蒂的書寫正是我們心目中書寫應該有的形式，讓人羨慕的形式——「我沒辦法寫成這樣」。但對她而言，這個豐富的語言來得很自然。她在東北部成長，二十年前，我首次聽到她的文字，當時我正在綠谷禪修莊園（Green Gulch Zen Farm）進行六週的練習，我打破靜默，說：「溫蒂，說老實話，這是南方式的書寫，別人無法寫成這樣。」

她臉紅了，說了實話：「呃，我的家人來自阿拉巴馬。」

「我猜就是。」我瞇起眼睛說，我早就在這麼猜了。又一個以出身為恥的南方人。我遇過好多好多這種人，就像德國人以大屠殺為恥，南方因為蓄奴制度、不願意給非裔美國人公民權，創造了歷史心理上的巨大創傷。

溫蒂從未在南方居住過，十多歲的時候還參與過賽爾瑪遊行（譯案：Selma March，六〇年代重要的民權運動），但是羞恥仍傳承了下來，卻同時也傳承著偉大的文字、對故事的欣賞、與土地的連結，以及對某些事物的瞭解，例如這朵花、這棵樹、這個沼澤，她因此懂得尊崇它們的名字。這些都是好作家的元素，是的，即便是罪惡感和痛苦，也會推著你前進。南方人打輸了美國內戰，所以他們懂得失敗是什麼，好作家都是這麼來的，像是理查・賴特（Richard Wright）、福克納、尤多拉・韋爾蒂（Eudora Welty），名單很長。我告訴學生，不要驚訝。他們有南方的遺傳，我們則需要努力。

但老實說，即便對溫蒂而言，這一切都來得那麼自然，她也還是需要努力。六月，她和我在馬貝兒・道奇一起帶領一年性避靜寫作營的第二次聚會。下午一點到四點，學生有一段很長的休習時間可作個人練習，書寫、靜坐、慢走甚至睡午覺（深沉的休息是很重要的）時，他們完全靜默，但溫蒂則在構思她的專欄。每個下午，她坐在餐廳旁的露台，同一張桌椅，在巨大的白楊遮蔭下，躬身書寫。她的努力很明顯，我們經過的時候都看得到，簡直就像是釘在那邊似的。我們很多人想不到好的字句，而她則是擁有太多了。每一篇專欄，她只能寫七百五十字。

她開玩笑說：「我必須帶著我的書寫去維克．譚尼（Vic Tanny）。」維克．譚尼是二十世紀中葉的健身房，會讓你流很多汗，電視上有他們的廣告。她必須縮緊她富饒的書寫腰帶，寫出重點，首先還得決定重點是什麼。其實我們書寫時都必須如此，無論我們的辭藻豐富與否。她也很想寫方便禪中心，但是必須有紀律，不寫沒必要的內容。

當她提到某種特定的植物，如阿茲特克白豆（Aztec white bean）或紅花菜豆（Scarlet Runner）時，會有一股衝動，想花十小時研究它的歷史，一方面想確定自己沒寫錯，一方面是出於好奇，還有就是拖延。想一想，這也很有南方風味。南方人熱愛歷史，這一點可以拖延你的書寫。

我們都會想方設法的從書寫中脫身，我最新的一招是不斷檢查我的飲水和巧克力存量是否充裕。寫到某一句的一半，我跳起身去清點庫藏。這些脫身之計也是緊張和興奮的表現：我們能夠承受赤裸的真實多久呢？無論我們在寫什麼，即便是關於水泥的一篇簡短報告，書寫本身便令人興奮，同時也令人害怕。書寫表示我們在乎，我們有想法，我們存在。

一週結束，學生對溫蒂有很多的同理心，他們看到她的努力。最後一天早上，她朗讀了她的作品，我們都高興極了，她成為「我們的溫蒂」，大家都期待看到報上印出來的文章，確定沒有什麼被編輯刪掉了。

我鼓勵你寫。我告訴每個人，書寫有益處、重要、完整。但是，在這個社會和日常生活中，對自己認真且有目標，並非易事。我可以提供給任何人唯一的真正處方就是：書寫。即使有各種內外在的抗拒和反對，還是要書寫。拿起筆，面對自己。

我告訴溫蒂，她是一位很美的作家，她的臉一片空白，不相信我。這麼多年來，她只偶爾微笑一下，但我知道她很喜歡自己的工作，也以此為傲。就像其他人一樣，在「她是誰」和「她認為她是誰」之間，有一段距離。

想想：你認識某個非常美麗的人嗎？他們往往不知道自己很美，通常，他們會比我們對自己更不自在，或另一種極端：看起來非常自負、虛榮，其實心底過度缺乏安全感。我們很少剛好在那條線上，相信我們就是我們所認為的那個人，沒有好壞，剛好正對紅心。所以，請繼續書寫，這才是重點。

關於溫蒂，還有一件事情我認為很重要：她並不「讀書」，而是躍入書中。我們一起教學的時候，她往往提早三天到達，完全沒有準備。在那七十二小時裡，她閱讀指定讀物。我看過她因為前一個晚上熬夜閱讀詹姆斯・鮑德溫（James Baldwin）寫的《喬瓦尼的房間》（*Giovanni's Room*）而以為自己身在巴黎；或是因為剛讀了派特・康羅伊（Pat

Conroy）寫的《潮汐王子》（*Prince of Tides*）而無法擺脫老虎的影像，她一直往肩膀後面看，她的新寵物在哪裡呢？或是，在讀大江健三郎（Kensaburo Oe）寫的《個人的體驗》（*A Personal Matter*）時，她不會想這跟我知道的日本人不同，而是沉浸在一個瘋狂年輕人的旅程中。當然，會有需要分析的時候，但是即使時間不夠，仍然熱愛閱讀，這是作家的特質。不僅僅是熱愛閱讀，而是在閱讀中迷失了，呼吸著作者氣息。

溫蒂有很狂野、複雜的家庭故事。我很愛聽，常請求她繼續說，多說一點。你需要去拜訪一位年老的阿姨嗎？我熱心的提議：我幫你開車。我想做的是：把你關在一個房間裡一整年，給她很多筆和紙，告訴她，除非她寫出一本哥德式的南方小說，否則就不能出來。我會每天供應兩餐，讓她有一點點飢餓，對作家而言，這是好事。

但是，娜妲莉，你不是一直說要練習和觀照嗎？

去他的。為了一個好故事，我願意犧牲一切。

No.35

一休和尚：一顆心，兩道門

一九九三年，我在道斯鎮的郵局信箱中出現一個小的文件信封袋。八十頁的小書《無嘴烏鴉，一休和尚，十五世紀的禪師》（*Crow With No Mouth, Ikkyu, Fifteenth-Century Zen Master*），文字全用粗黑體，史蒂芬．伯克（Stephen Berg）編輯，銅峽谷出版公司（Copper Canyon Press）出版。

美國禪師喬治．鮑曼（George Bowman）寄來的。「你不知道一休和尚？」上次我見到他的時候，他很驚訝地說。

我搖頭。這時，我已經學習日本禪宗十九年之久了，但我沒聽過一休和尚。信封裡有一張紙條，寫著：「臨濟宗的偉大導師之一。這是譯本，但還是可以感覺到一休和尚。」臨濟宗是禪修學校，精於研習公案。而我最初學的是曹洞宗。片桐禪師會開玩笑說這是：「不聰明的老伯伯」，因為曹洞宗不強調公案。

站在停車場，我讀了書中一首詩之後，才坐進一九七八年出廠的豐田巡弋車，打檔，車身搖晃震動，轉動的輪胎射出碎石，駛向泥土路上凹陷的車軌，往十年前我用啤酒罐和

廢棄輪胎在蓋的一棟房子去。我完全住在荒郊野外，沒有水電，沒有瓦斯，一株梅爾檸檬樹長在我的臥房，每年十一月或十月，樹上開滿白色的花，讓臥房充滿了花香。到了耶誕節，我拿檸檬當禮物，果皮非常薄，薄到你可以直接咬下去。

我準備好要瞭解一休和尚了，還有十年的時間，可以在這個平頂山上好好研究他。

（譯案：一休的詩，全部都是英文中譯。）

> 屋簷滴著雨
> 寂寞聲如是

我等了兩天，才讀另一首詩：

> 無聞無視其粉紅姿色
> 但它們明春依然綻放

我讀這首詩的時候，正坐在特大的粉紅沙發上。我再讀一次，裡外翻轉，不是關於枝枒，是關於花朵；也不是關於花朵，沒有花朵，它還是會來。信任空無。什麼都沒有。

我又讀了一首：

出生、出生，一切都在出生
想著，試著不要出生

我大笑出聲，我們是何等瘋狂地反覆檢視。我更深地沉入了一休的世界，讀完整本書，標出我特別喜歡的詩，這個譯本裡的詩都很短，大概兩三行。我開始與一休和尚一起生活了，那幾個月就像成熟的綠色，感激喬治把這本詩集寄給我。

唯一有意義的公案就是
你

這首詩像蜜蜂螫人或是踩到尖銳釘子似地刺痛。公案，成百上千的禪宗公案故事，每一個公案都穿越實相的不同面向、角度和次元。轟然一聲，全部的精華就是「你」。我們稱之為「自己」的萬花筒，是何等謎樣，能破解嗎？誰想要破解？但是……。他手指一轉，戳戳我們的胸膛，給我們直接的鼓勵。在一休和尚身上，我發現了盟友、禪友、同志。我不孤單。

過了綠色的秋季——新墨西哥州乾燥的地景絕對不是綠色的，但我的內在是綠色的——若有朋友打電話來訴苦，我都說：「等一下，我有對症下藥的良方」，我跑去拿一休的詩集，然後朗讀。

> 厭倦了，無論厭倦的是什麼
> 我將每一個毛孔都獻給它

厭倦了故事脈絡，厭倦了你的大腦前額葉不斷吵嚷，厭倦了內省。把自己丟進當下的清澈明亮吧。我出聲朗讀，再度感到頭暈目眩。朋友都說有幫助，如果是這樣，那我還真是敬畏。

> 我想給你些什麼
> 但是什麼才會有所幫助呢？

我的熱情讓我盲目嗎？原諒我，朋友們。

如果沒有最終休息之地
我如何在途中迷失呢？

為了書寫，你必須進入練習的生活：

詩應該從空地生出來
夜晚降臨到夜晚，在黑暗地景上

這就是書寫的源頭，無論你是在艾荷華的作家聯盟（Iowa Writers' Workshop），或是在威斯康辛州做羊乳酪，或在科羅拉多州乘舢舨順流而下，或在阿富汗拿著步槍站崗。

公案的書放著，錯過了心，卻沒有錯過漁夫的歌聲
雨水落在河中，我不顧一切地唱歌

一休的母親是十七歲日皇的情婦。因為腹中的胎兒不可能繼承皇位，她懷孕之後，必須躲起來。五歲時，一休躲在禪寺裡，以免被暗殺。

十七歲時，一休跟隨一位嚴格的禪師謙翁學習，並一起生活了四年，在那段時間就只有他們兩人。謙翁過世時，一休哀傷欲絕，試圖自殺，正要投琵琶湖自盡時，他的母親差人來阻止了他，說：請為了母親，好好活下去。

他找到了第二位老師華叟宗雲，也是一位很嚴格的禪師。二十七歲時，一休在琵琶湖小船上冥想，聽到頭上有烏鴉叫，他忽然頓悟。整個宇宙成為啼聲，他自己消失了。

他針對這個經驗寫了一首詩：

十年愚蠢，我要事情不一樣
我仍然能夠感覺到當時的驕傲
一個夏日午夜，琵琶湖，我的小船上
卡～威～伊～
我還是小男孩時，父親離我而去
現在，我原諒你

我心裡想：你是說，當你覺醒，看到核心，你父親就在那裡嗎？我們永遠無法脫離我們的父母嗎？

烏鴉的叫聲將他帶回宇宙的核心。自由並非排斥或逃避，而是某種決心，我們細胞裡的沙子沉澱了，來到當下，街角的房子、郵差送信從來不準時、亞利桑納州國會議員被瘋子射殺、昨天是國王生日、朋友瑪麗的母親十九年前的今天過世、最後一顆巧克力在角落小桌上、頭髮有點髒。在死亡面前，沒有什麼新的地方好去，沒有什麼特別的事情得做。

忽然，除了哀傷，什麼都沒有
所以，我穿上父親的破舊雨衣

當時，我父親仍然健在，我非常愛他，卻才剛跟他大吵一架。我在我深刻的情感、意志和憤怒之間掙扎。一休的詩裡，烏鴉鳴叫，不影響我住在佛州的父親，巨大的黑烏鴉卻飛過沼澤，改變了我。

一休離開了華叟，從二十九歲到五十歲，他都自由自在地雲遊。這麼長時間的雲遊很不尋常，傳統上，頓悟之後開始雲遊，為的是深化自己的理解，但正如其他一切，一休超越了一般限制。在這個時期裡，他發明了街頭禪學，跨出禪寺，進入一般民眾的生活現實：吃肉、吃魚、喝酒、在貧窮和哀傷中仍然做愛。他喜歡去逛妓女戶，去橋下和小偷、流浪漢、海盜、流浪的女人、詐欺犯相處。在這裡，他發明了紅線禪（Red thread Zen），根據古老中國禪師虛堂智愚的概念，將人類和生死之間用一條熱情的紅線連繫住。這條紅線也代表帶血的臍帶，為了真正的覺醒，你必須踏出神聖的寺院，進入一般民眾的生活。

一休有了全新的禪思，創造了新的書法、詩、能劇、茶道和陶藝。關鍵就是簡單，在一個充滿破壞、詭計陰謀和戰爭的時代，走入極簡。

在那個連修行都充滿權力與慾望的時代，一休的思想直指人心人性，也為日本禪宗注入了女性元素。神聖境界並不是和俗世分開、獨立的，相反地，那應該是每個人都可以練習，包括烹飪、照顧孩子和藝術創作。

心是什麼
被人遺忘的圖畫裡微風吹過松樹的聲音

七十七歲時，一休愛上了三十多歲的失明女樂師森，他讚頌她的聰明與才華，這是他的真愛，當然，他為她寫詩。

你內在的夜晚搖盪
聞你大腿的氣息便是一切

對我們，閱讀、吃飯、唱歌沒什麼差別
做愛也不是這件或那件事情

八十多歲的白髮和尚
一休仍然對自己、對天上的雲，每晚朗讀
因為她自由的付出自己
她的手、她的嘴、她的胸脯、她長長的溼潤的腿

八十多歲時，一休仍然不從眾隨俗，但政府要求他擔任華叟宗派在京都的寺院——大德寺的住持。多年前，大家問華叟，誰會繼任住持的位置。華叟雖然對一休的自由放任感到駭異，但因為他不世出的才華，仍然說：「那個瘋子。」現在，華叟的預言成真了。經過了這麼長久的戰爭，京都成了一片廢墟，一休的任務就是重建寺院。他的弟子們很多是富有的商人階級，不像軍事家族或皇族那樣受到戰爭的攻擊，他們出手協助，其中一位甚至砍下自己的船桅，用來做新寺院的柱子。

傳統上，禪師臨終前都會作詩。禪修聚會時，常常有人朗讀一休的臨終詩：

我不會死。我不會去別處。我會就在這裡。
只是不要再問我任何事情。我不會回答。

這是臨濟宗正式認可的一休臨終詩。但是他也寫了另外一首私人的臨終詩，交給了森，他這一生最後的真愛。

我悔恨無法再將頭躺在你腿上
我向你宣誓永恆

這一首詩其實更像他。充滿了鮮潤的感情。

二〇〇〇年，離開多年後，我又去住在明尼蘇達州一年半。一晚，我在聖保羅（St. Paul），和一位禪師朋友對大約一百個從未聽過一休的聽眾演講，我們很驚訝地發現，我們選的詩都不一樣。我比較喜歡細緻的覺醒詩和能穿透日常實相的詩，我的朋友則是對充滿性動力的，以及抗議禪宗組織化的詩特別有興趣。

以下就是一休對虛偽練習的譴責：

名聲掛在勺子上，無用的籃子，寺院的獻金
我喜歡在河邊湖邊穿著蓑衣散步

他們用棍子、喊聲和其它伎倆，那些虛偽的人
一休像陽光般直達上下

我們帶了二十一本《無嘴烏鴉》去賣，大家瘋狂搶購（希望你也衝到書店去買一本）。回到了朋友家，我坐在綠沙發的角落，坐了很久，厚重的外套還穿在身上。十二月初，寒冷的夜晚是酷寒的開始，屋子裡很溫暖，我只是不想脫外套。一休活在好幾世紀之前，可是我在這裡卻感覺到他的存在。他完全不保留自己。

中國有句俗諺，喬安・蘇德蘭德跟我說的。一顆心，兩道門。當你到了某個深度，你的人生開啟了兩個方向：個人的解放和協助世界的需要。那天晚上，在朋友家的客廳，我就是有這種感覺，一休的心有兩道門，二者來自同一個源頭。

一休是我書寫生命的一部分，我靜坐、慢走、站立的生命，隨身帶著深入我們生命的人。這需要時間，我一直到死都會深愛這個蹲坐、方臉的人（塌鼻、眼神哀傷），他的聰慧穿越了時間、空間和寒夜的限制。

No.36 永平道元：用整個身體寫作

幾乎十五年前了，一個整個早上大部分時間都在靜坐的星期二，避靜寫作營進行到一半，我搬出電視，放進《山河：道元禪師的神祕寫實主義》（*Mountains and Rivers: Mystical Realism of Zen master Dogen*）的錄影帶（那時還沒有亮晶晶的DVD）。道元是十三世紀的日本禪師，也是曹洞宗的重要人物。我最初的禪師就是師從曹洞宗，我經常引用道元的話，其中一句是「當你在霧中行走，你會弄溼自己。」我相信每個學生都聽過這句話，不要一直掙扎著試圖瞭解練習，而應活在當下，就像滲透作用一樣，教導就會進入你的全身。這就是我們學習書寫的方法，不是經由理性學習，而是透過全身之力。練習經由身體傳達：我們的手、腿、臀部、眼睛、腦子、鼻子、心、膝蓋都在學習。學到的，就真的是你的了，且必然是你自己的，沒有別人能幫你。然而，「不要以為你明白的一切會變成你的知識，且被意識抓住」（道元）。你得到了，但也可能沒得到，你是自由的。

影片包括美麗的山水景色，原創的背景音樂，以及我的好朋友，已經過世的住持約翰・大道・路里（John Daido Loori）朗讀著道元禪師的文字。

我聽過這些文字很多次了，但這是第一次看影片。我坐在那裡，專心看著畫面，融化在音樂和語言中。至少過了二十分鐘，我才意識到應該看看學生的反應。我轉身看他們，他們忍不住了，無法再安靜一秒鐘。他們全大笑起來，眼淚都流出來了，翻下椅墊，在地板上打滾。

我伸手暫停影片。「怎麼了？」我毫無頭緒的問：「你們不喜歡嗎？」

莎琳，一位很能唱歌的長期學生，開始學影片中歌劇般的聲音，重述道元的話。法蘭妮是內華達州中央政府公設辯護律師。她簡單地說：「你從哪裡弄來這個？」

直到今天，許多年後了，我只要一提到這個影片，當時在場的人就會舉起手來，「噢，拜託，我可受不了」，然後又會開始大笑。

我應該提一下，這個影片得過獎，提這個只是讓你知道，我沒有那麼離譜。我覺得學生無法瞭解的是，那一週，我們做了密集練習，加上道元的文字，可以讓我們的腦子不合邏輯地、瘋狂地、狂野地飛起來。在禁語寫作營中間，一般的社會常態被打破了，你踏出了日常生活的常軌，心裡往往有聲音問：「我瘋了嗎？我在這裡做什麼？」但這也給我們機會，用更廣闊的方式看世界，不被習慣、舒適和某種社會組織限制住。社會組織可以很有效率，但也常常令人麻木、盲目。

然後，道元忽然出現在他們打開的意識中。我可以唸一段《山水》裡的經文嗎？讓你品嘗一下學生聽到的內容。

當你看到流向十方的水就是流向十方的水，你應該反省那個時刻。不僅是研究人類和天堂的存有看到水的這個時刻，也研究水看到水的時刻。這是全然的瞭解。你應往前往後，超越人，揣摩別人的道路。

笑聲可以是從深處發出的，是某些事物遇上另一些事物的辨認，也是打開的意識遇見了另一個打開的意識。練習的意識遇見了道元十三世紀時的練習，時間不再存在了，笑聲成了問題的最終答案：我瘋了嗎？你當然是瘋了，我們一起瘋了，真是快樂啊！有人反映出了我們真實的意識。道元做的正是此事。

他不解釋「明白是什麼」，那樣的說法好像「明白」是一個分離的物體，可以討論檢驗似地。道元從核心喊話，用新的方式說話，來溝通「覺知」是怎麼一回事，經由語言直接傳達。

有時，烏鴉在你頭上鳴叫，碎石擊中竹子，世界就此開啟了。在這裡，道元用語言（作者們，請注意！）傳遞了超越語言的世界。真的有超越語言的世界嗎？呃，他傳達給我們的顯然是語言的世界。

但這些文字不是要我們破解的。你無法破解它，但你可以變成它。這才是我們學習一切事物的方法——真正內化的學習。它流過你整個身體；我們經由所有的細胞吸收，而不僅僅是用腦子。

你應該研究綠色的山，用豐富的世界作為你的標準。你應該仔細研究綠色的山如何走路，以及你如何走路。你也應該研究倒退走路和往後走，其實，往前走和往後走從未停止，即使在形態尚未形成前便已開始，從虛無之王的時代便已開始。

一九九〇年，一整年，我在聖塔菲，每週一次和一群寫作朋友聚會。我們都是朋友，就為了好玩，我們指定艾迪當老師，我們一起寫作，不限主題，試圖寫出小說來。

有一週，十個人裡面只來了五個人。約翰想要讀詹姆斯．索爾特（James Salter）寫的《光年》（*Light Years*）。他幾乎從頭到尾都會背了。有人拿出她喜歡的書開始朗讀。

「等一下」，我說，走進臥房，拿出阿尼．科特肋（Arnie Kotler）和棚橋一晃所翻譯的道元的《山水經》。「聽聽這個」，大家跟著我到了臥房，除了我外，都坐在床上，我站著朗讀道元。在他的文字中，感覺狂喜，身體晃動。我知道這些文字在說什麼嗎？我看得出它們的奇妙，我早已學會讓文字像風似地吹過我。你不會停下來，問風在說些什麼，對吧？你就讓它吹。

唸完後，約翰、艾迪、羅伯和另一位朋友都驚愕地抬頭看我，皺著臉，頭歪著：「啊？」

我問：你們聽不懂嗎？

不懂，他們都搖頭。

好。我再讀，你們聽著就好。

世界不僅有水，而是有一個水的世界。不僅僅在水裡，也有一個存有在雲裡的世界，在空氣中存有的世界，在火中存有的世界，在土中存有的世界，在有形世界存有的世界。

我真是興奮極了。

我的朋友，唉，一點也不興奮。這些人很聰明，真的很聰明，但道元讓他們癱平了。當下，我前所未曾地明白，很久之前，我的書寫生命已經轉了彎，走到了一條即便是最聰明的人也不見得要走的路。從那之後，我明白自己有胡亂攪和腦子的傾向與癖好，這可能和書寫的欲望不同，雖然對我而言二者並無差異。

二〇一一年五月第一個週末，喬安・哈利法克斯在方便禪中心舉辦了一個道元週末，慶祝棚橋一晃花了十年翻譯的成果終於出版了，《真正法眼的寶庫：道元禪師的正法眼藏》（*Treasury of the True Dharma Eye: Master Dogen's Shobogenzo*）。

亨利・休克曼（Henry Schukman），一位作家朋友、資深教師，首先發言。

他開始回憶，一九九〇年，他看到我在我家前廊走來走去地朗讀道元（我確定是在我的臥房）。「今天之前我從未聽過道元這個人。我剛聽到他的文章，我簡直說不出話來。我的嘴是乾的，我消失了。」

「所以你是第四個人，這些年以來，我一直想不起來是誰的那個人？怪不得，你不在那裡。」一切都合理了。雖然亨利持續書寫、出版，他也一直在追求禪修，參加一個接一個的禪修會，靜坐，直到他的頭都禿了。

彼得・列維特（Peter Levitt）接著說話。他是詩人，也是禪師，他說道元是「愛的大師」。聽到有人把「愛」和道元連在一起，真是開心。這也提醒了我們，道元從他所有的毛孔透露著他的理解。

「我們應該成立一個樂團，就叫作『小道元』。」我嘆息著。

老實說，這些年來，道元也能令人發瘋。我們閱讀道元的時候，不一定有一顆打開的心。因此，我們傾向於過度努力地去試圖理解道元，於是我們無法解讀「山不缺乏山的特質，因此，它們總是自在行走。」我們聽了會想撞牆。

我的老師，片桐大忍禪師，是《正法眼藏》獻詞中提到的三位日本禪師之一。他常常在星期三晚上和星期六早上的演講中談到道元，演講通常是兩小時。他死忠的學生們全都全力以赴，保持盤腿而坐，背部一直保持打直，我們的腦子在尖叫，對這位十三世紀禪修大師逐漸升起強大的敵意，因為就是他，讓我們這麼痛苦。

彼得引述了道元巨大、包容、寬宏大量的意識。我想到，閱讀道元也讓我們得以放掉自己，我第一次讀道元的現成公案就愛上了。「覺知式的學習就是學習自己。學習自己就是忘記自己。忘記自己就是經由無數的事物予以具體化、現實化。」

在那之前一個月，我在威斯康辛州的麥迪遜教學，我的學生米莉安・霍爾（Miriam Hall）告訴我，羅林斯樂團（Rollins Band）主唱亨利・羅林斯（Henry Rollins）曾說過一些類似的話：痛恨一個人就像是大便在自己手上，然後吃掉。

那是直接的教導，我心想，很噁心，但很直接、很真實。

輪到我說話的時候，我引述了這段話。一片死寂。我又說了一遍，解釋說當我第一次聽到這段話的時候，我想到了循環思考（circular thinking），這是道元真理的直接傳達，但大家還是不可置信。「噢，別那麼膽小無用。禪不是路德教派的基督徒坐在那裡坐禪。禪是外在，也是內在的一切。你知道嗎?道元寫了好幾頁的文字，討論應該用多少衛生紙擦屁股：一片方形紙。」

我們可以一直讚美某人多麼偉大，但是我們不應該僵化。無論我們想些什麼，都不會正中紅心。紅心是零，沒有區別，我們就是山和水。

在那個道元週末，我朗讀了一些道元的文字，就像我對寫作朋友朗讀一樣，讓他們感覺道元的節奏。我讓學員在紙張上面寫三、四個尋常的短句，然後打破文字順序，花七分鐘寫出像道元那樣的語言來。「大家會這樣說話，是因為他們認為，如果沒有一個安頓自己的地方，便無法存在」（道元）。如果我們打破文法結構，便可以揭露一些新的東西，可以釋放能量，發現一個新的基礎，用新的方式「安頓自己」。

彼得猜想我會規定只用四個字，重複地用不同方式組合。所以我決定在這個練習中，讓大家嘗試用單字或短句，或二者都用。

這是彼得選擇的字：孩子、花園、靜脈、音樂。以下是他寫的：

靜默長出音樂孩子的花園，
每個人都喊著無言。
靜默孩子的心的深處
音樂從未停止流動。
如果說孩子聽到了她的花園

就是瞭解了靜默的孩子。
如果說你瞭解一個靜默的孩子
就是錯過了她的音樂。
孩子種下孩子的種籽，只有孩子能夠
當個孩子。如果你認為花園不是
孩子，再問問靜默吧。
如果你認為詢問的時間不是音樂，
靜默的孩子會開始歌唱。
音樂在教的是靜默——
孩子的成長，
哀泣的花園
陰影中，風的靜止。
當你明白了孩子，你就明白了花園。
當你明白了花園，你就明白了孩子。
這是未曾演出的音樂。
這是音樂正在演出。

棚橋一晃美好的介紹中解釋說，道元是日本人，他自己將內容翻譯成中文，有時候延伸、發展他自己的思考，擴展原文的涵義。例如，天童如淨有一行詩，通常會譯成「早春，梅花開了」，道元則譯成「梅花開啟了早春」。你看到二者之間的差別了嗎？後者的動力、是活躍的音符、獨特的角度？

你知道我們常用的那句話「以目前而言」（譯案：for the time being，有「暫時」的意思），例如「以目前而言，她會繼續吃麥片粥」。道元翻譯了藥山惟儼（第九世紀中國人）的一段話：「以目前而言，站在高山上……」，棚橋一晃告訴我們，道元發展出自己的想法，認為時間也不過就是某種存有，你可以看到道元對語言多麼地認真注意。

週末即將結束，我害羞地拿著兩冊一套的道元譯本給棚橋一晃簽名。我認識棚橋一晃多年了，但是在那一刻，我感到驕傲、感恩，完全瞭解他完成了一樁多麼宏偉的任務，我為此感到謙卑。為了提供我們這麼好的譯本，他必須將自己裡外翻轉，完全浸潤在裡面，生命充滿了道元，兩人之間不再有所區隔，不再有空間存在。這就是愛，你就是你獻身的珍寶。

他用一支特別的黑筆簽了名，「感謝你對這本書的貢獻」——我也協助了一點點翻譯——然後，「享受你的啟蒙！」純粹的道元。一旦覺知開啟，你就自由了，不用再區分誰有覺知、誰沒有覺知。你在每個人身上都看到覺知。現在，棚橋一晃將之傳遞給你了。

No.37 關：補起差距

關（Gwen）跟著我學習十六年了，她得了癌症。做完所有的化療之後，我們一起吃晚飯，那天，她發現自己進入了緩解期，暫時無需擔心了。

「我可以活下去了，我可以活下去了。」晚餐桌上，她一再地說，把肩膀抬得高高的，幾乎碰到了耳朵。她才五十四歲，在這個國家算是年輕的。

她非常高興，我也跟著高興了起來，不只是為她高興，也因為接觸到這麼一個完全覺知到死亡，並得到更多時間的生命大禮的人。這是一個深刻的完整經驗。

四週後，腫瘤加倍長回。癌細胞利用關所有的活力生長。

她寫了一封電子郵件給她那一群書寫朋友。

女士們：

首先，讓我表示感謝，謝謝你們給我的支持和友誼。過去六個月，你們的電

子郵件、卡片和信件鼓舞了我。

然後，我必須告訴你們，昨天體檢時，醫生發現新的腫瘤。六個星期前，它還不在那裡呢，現在卻很大了。醫生叫我不要再工作了，給了我一些緩解的化療來控制病情，基本上就是讓我知道，我在這個美好土地上行走的時間不多了。

所以，如果你能夠將你的祈求變成我的平和、舒適地死去，我會很感謝的。

我愛你們大家。

關．多琳

其中一位（她們都是我的學生）把信轉寄給我。關就是這樣，我是她的老師，她對我卻表現得很害羞、猶疑。第一次的宣告，即便是她剛剛發現罹癌的事情，都是別人告訴我的。當我伸手關照，我們便來回通信，尤其討論對死亡的看法。有死後的生活嗎？冰冷的墳墓？祕密地窺看著還活著的人？她希望能夠保持某種連結。

我去新墨西哥州的拉斯維加斯看望她。她住在很遠的莊園上，必須渡過寬廣的溪流，開過一條狹窄的泥土小路，左手邊還是陡峭的懸崖。我送她一條紫色頭巾，綁在她的光頭上。我很習慣看到光頭，禪修中心的出家人都理光頭，從我三十多歲起就這樣了。她看起來真美，但這全是我們一起吃飯和緩解期之前的事了。

現在一切都不同了。沒有緩解期了，我寫給她兩行字，告訴她我愛她，一直如此，她一直在我心中，我能夠幫什麼忙呢？

然後我發瘋了。她這次會回信嗎？用她跟我通信時慣用的那種後退一步的方式嗎？她說過，每次有事都很難告訴我，她喜歡和其他人做整體性的溝通。整天，星期四，我想做些什麼，想殺掉她的癌細胞，把她從這個狀況裡拉出來，我們可以一起去旅行，放逐。三點鐘，我在後院砍除上個夏天長得亂七八糟的雜草，現在已經是三月中了，整個冬天沒下多少雪，春天來得早了一些。

那個星期四，我到花圃買了九株玫瑰，花圃會為我保留，再照顧到六週後的五月，也是適合栽種的時候。一個簡單的綠色陶質野鳥浴盆出現在停車場前面，我買了下來，雖然我並不需要。晚上八點，我開始煮雞湯，一直做菜到半夜。然後我決定用新鮮香草做綠飯，晚上，我去花園挖細香蔥。

我在做什麼？為我們兩個人活得更努力。但是這一切都幫不上忙，因為我要幫的是她，不是幫我自己。有人要死了，我們能夠做什麼？坐在那裡，無論你如何哭嚎抗議或做菜煮飯，都無能為力，只能讓生命和死亡就這樣發生。

有人要死了，要跟什麼道別呢？我看看四周，每個細節都看起來重要無比，牆角水泥地板上的老舊黃色網球、牆、電燈開關、門、木櫃、椅子、桌子、所有的書、所有的文字，都沒了。

關是拉斯維加斯醫院的急診室醫生。她又敏捷又聰明，醫院需要她。

「我不想離開羅賓」，她跟我說，那時還有希望。羅賓是她第一位，也是唯一的一位女朋友，她們在一起十年了，一起弄了一個三千畝的莊園，想在那裡辦女性賦權工作坊。

星期五早上，她的電子信件出現在螢幕上：

娜妲莉：

如果你可以的話，我死前想再見你一面。我還在做化療，希望化療能夠緩解病情，醫生跟我說不會延緩死亡，否則的話，羅賓和我會每天都來做化療了。

謝謝你，在這件事情發生時，沒有離開我。

關

我立刻回信：哪天？

另一封電子信件又出現了：

或許下週。化療之後的星期四，我的身體狀況會很不好。

我在班上常常討論死亡，但我對死亡一無所知。根本不知道人怎麼死亡、幾歲死亡、在什麼狀況下死亡。發生什麼事了？或許這樣也不錯，我沒意見。

除了一點：我知道何時應該閉嘴。真的，我想要低語、哭喊、尖叫、哀嚎、懇求，請不要死掉。好像人可以選擇似的，但沒人可以。某個時刻，最終，每個人都會死，沒有人逃得了。

看看四周：花會死，樹會落葉，狗被車撞死，貓殺掉老鼠；我們的祖父、曾祖母、林肯、華盛頓、哈莉特・塔布曼（Harriet Tubman），他們都死了。連汽車也會死掉，坐著五月花號來美洲的人，第一次世界大戰的倖存者，都死了。然而，我們還是搞不懂，我們覺得自己不同，不會發生在我們身上。

在我開始練習的早期，以下這個禪的故事引起我的注意：

幾百年前，東方極為不平靜，到處都是小偷、傭兵、強盜。深山中有一座禪修的修道院，很多初學者在那裡跟著一位偉大的禪師學習。

有人說，一群逃兵往修道院這邊來了。所有的和尚都慌了，他們害怕被殺，很快地往山野裡四竄逃走。盜賊到了，踢開大門，整座修道院幾乎都空了，他們很憤怒，仍渴望殺戮和征服。

領頭的將軍打破一條比較偏遠的通道，發現禪師安靜地坐著，正在讀眼前的書卷。

將軍往前一步，站在禪師前面。禪師抬眼看他：「我能為你做什麼嗎？」

將軍拔出劍，舉得高高的，說：「用這把劍，你明白嗎？我可以刺穿你。」

禪師冷靜地回答：「是的，我可以被刺穿。」

將軍鞠躬，收起了劍，離開房間。

禪師不受影響。我感到不可思議，這就是拯救自己的方法了，面對死亡，仍然保持勝利之姿（我那時很年輕）。

過了幾年，我聽到一個類似的故事，這次是另一位禪師——中國的巖頭全豁，但他確實被劍刺穿了，聽說叫得很大聲，三十里外都聽得到，他死了，他還是死了。即使他的心裡、骨子裡瞭解死亡，那也無法拯救他，或許他沒有想要被拯救，或許，你真的瞭解死亡，你知道沒有拯救，就只是生命額度用完了。

我計劃著，這次去拉斯維加斯看關，我會將我們的聚會置於希望的境界之外。這樣才公允。

有人又轉寄了另一封電子郵件給我：

女士們：

當我接近死亡的面紗，我變得很焦慮，覺得我尚未對這世界做出什麼貢獻。黛比寫了一封電子信件給我，回憶我們的友誼，告訴我，認識了我，是如何幫助了她、改變了她。我把它印出來了，請羅賓在我臨終時，唸給我聽。我在想，是否可以請你們每個人都寫這樣的一封信，讓我得到一些鼓勵，讓我到另外一頭去的時候，知道我在世上確實做了一些好事。

謝謝你。

關．多琳

當我的禪師臨終時，他從全國各地收到很多信件，告訴他，他對他們的意義，他如何幫助了他們。

他的妻子唸給他聽。

他躺在白色床單上，轉頭對她，說：「我不覺得我做了很多事，或許，我有幫了一點點忙。」

在我們認為自己是誰，和我們真正是誰之間，是有個鴻溝的，覺知，就是把這個差距填補起來，就像那些信件幫助了片桐禪師。是的，他有很多的覺知，但是在脆弱的時刻，我們都需要彼此的支持。關現在臨終了，希求大家給她這樣的支持。

越南佛法老師釋一行去拜訪一位臨終的好朋友，他站在床角，握著朋友的腳：記得我們在第五大道為和平遊行嗎？他為朋友回憶美好的過往細節，他們共同的記憶肯定了他朋友的人生。

我接到關的請求不久之後，一次晚上的演講，喬安．蘇德藍德朗讀了以下的臨終詩。這首詩來自葛瑞絲．史瑞生（Grace Schireson）的《禪修女性》（Zen Women）：

六十六歲的秋季，我已經活了很久——
明亮的月光照在我臉上。
無需討論公案研究的原則；
只要仔細傾聽外面吹過松柏的風。

——了然

我的最終訊息：
花開了
全心全意的

在美好的櫻花村。

——臨月（Rengtsu）

在禪宗傳統裡，臨終要寫臨終詩，在接近個人最大的神祕經驗之前，寫出自己的照見。偉大禪師的臨終詩集結成書，我經常翻閱，尋找我自己的照見，但是我現在明白了，這些詩都是男人寫的。我自己潛意識裡根本不想寫我的臨終詩。

但是現在，我立即想到，我會寫什麼呢？然後，算了吧。我的時刻很快就會到了。

關會寫什麼呢？

我將這些詩寄給她，她回信謝謝我。

我計劃在她接受「緩解式化療以控制病情」隔週的星期二開車去看她。我們不知道她還有多少時間，她希望能活到五月一日，羅賓的五十歲生日。

我開車出門，心情平靜，路途很長，都是開闊的鄉村景色，心裡想著，這可能是我最後一次見到她了。無論她已經衰敗成什麼樣子，我心裡都準備好了。

我走進長廊，穿過廚房，到了客廳。她的臉上發亮，盤腿坐在沙發上。「娜妲莉，我一整個早上都在書寫。」

我坐在她身邊，沒有期待這種場面。

她告訴我，她和南西每天早上都在寫她們的書，將進展用電子郵件寄給彼此。她告訴我她正在寫的書，描述她和羅賓如何在這塊土地上拓荒，一直追朔到一八〇〇年代這塊土地的歷史。當時，一個女人和她的十三個孩子一起住在這裡。

「他們的墓就在後面，我也會被葬在那裡。」

「關，你充滿活力。」

「是因為書寫——還有化療，減緩了腫瘤的生長。你知道，你說過我們要一直寫到死，這是我們的承諾。你記得自己說過這句話嗎？」

（是的，我說過這句話，作為書寫的決心，但是從未真的期待親眼看到這句話被實踐。）

我需要一點時間抓住這個新的節奏。「所以你這陣子寫了很多？」停頓一下，「嗯，當然啦，當你專注書寫，你既不是活著，也不是死的，沒有死亡可言。」

「就是這樣，就是這樣。」她一直點頭，我注意到咖啡桌上有一疊打好字的文稿。

我用下巴指指文稿，「唸給我聽吧。」

我們合作了這麼多年，我很少聽到她的作品。她很害羞，不喜歡在班上朗讀自己的作品。大多部分的時候，學生彼此朗讀分享，我都盡量不干預。他們學習到不要尋求我的肯定或否定，從一開始，他們就要依靠自己和彼此，但我知道，大家都喜歡被聽到，「開始吧，從開頭的地方唸。」

「真的嗎？」她拿起文稿，唸了導言的部分，來回穿插著原來的居民，屬於伊格那西塔族（Ignacita）的一家人，以及她和羅賓在二十一世紀的拓荒。

冬季過了一半，我們來到這裡居住。白楊樹的枝枒在呼嘯而過的峽谷風中，遮蔽了青銅色的天空。伊格那西塔人燃燒杉木以溫暖小屋，我們用同樣的方法溫暖她幼子的石屋廢墟。我們都覺得冷到骨子裡了。

她很矮，褐色皮膚，美洲原住民和西班牙人的混血，伊格那西塔族；我比她高、比她白皙，我的捲髮代表了我祖先的血脈。

伊格那西塔人無法閱讀書寫；我則是醫生詩人。

她的頭髮是黑色的；我的褐色。最後，都會變成白髮。

她說西班牙語；我說英語。

她必須抗爭才能保住這塊地；我則必須花了一輩子尋找這塊地。

她結了婚，有十三個孩子；我刻意不生孩子，無法合法的和我的伴侶結婚。

她每週洗一次衣服，在跳舞的大廳旁，長方形的池子裡。我把髒衣服拿到城裡去洗。

我騎馬是為了高興；她用馬匹工作以生活。

她吃自己種的玉米、豆子和瓜；我則是死忠的肉食者。

我穿長褲；她穿全身長裙。

她有一千九百頭羊，在山上吃草，開始了土地的加速崩頹；我努力治療土地。

她的丈夫牧羊，她待在家裡；我開四十三公里去急診室工作，四周都是她從未見過的科技。這些科技仍然救不了我們。

我會被葬在滴滿汗水的小山丘上，伊格那西塔的骨頭埋在教堂地板下。

她已經死了；我還活著。

沒有人知道我們的故事。

「老天爺啊！」我說（沒辦法，我就是這麼粗野），「你從哪裡學會這樣寫的？」她高興的笑了，甚至是咯咯笑。

「再唸一些。」

雨斜著下，水從屋簷下滲入，沿著石牆上糊的泥土流下，簡直像要將單間小屋凝固用的泥土粉刷沖掉了。我們在里門的無電型錄裡挑選的油燈發出光，雨打在鐵皮屋頂上，雨聲隆隆。我們看看彼此，納悶著兩位二十一世紀的醫生如何能夠過著一八八七年的生活。

有時候，你必須後退，才能前進。就像彈弓，你越往後拉，放手時，東西飛得越遠。羅賓和我後退得這麼遠，我們今天就活在未來裡了。

十歲的時候，我愛上了沙漠。夏天渡假時，我們從路易斯安那州（Louisiana）的沼澤健行，走到加州人口稠密的叔叔家。我驚訝地吸入炎熱乾燥的風。我走到塔特爾溪畔的單獨露營區，驚訝地看到這個一百年前拓荒者蓋的小木屋，如今無人居住，卻沒有腐朽，也沒有被植被包覆。當我看著巨人柱仙人掌爬上岩石山上，逐漸稀疏，被約書亞樹取而代之，我看到了另一種生活方式。

我四十二歲搬到新墨西哥州。二月，不用上急診室工作的假日，我穿著背心和短褲去爬山。乾燥多沙的地表裡有貝殼化石，放養牛隻的草原上有小路，通往被風摧殘的山脊鞍部。寬闊的峽谷提供深沉靜默的慰藉，我開始整天待在峽谷紅牆的凹溝中，聽著鳳蝶揮舞著巨大的黃色翅膀。蜂鳥飛離開著紅花的蠟燭木，在我臉前飛舞，試圖搞清楚我是什麼，而我看著岩石壁畫，分析著環尾浣熊窩裡的骨頭，在寬峽谷裡花了好幾個月記起我是誰。

坐在峽谷陰影裡，涼爽的石頭上，我忽然想到，我可以買一片荒地，就像寬峽谷這樣的地，提供女性朋友這個賦權的經驗，在荒野中，和最深處的自我連結起來。

在新墨西哥州的第一個夏天，我去參加一個同事聚會，一位個子很高大的急診室護士一到場，五分鐘內就脫掉襯衫，只穿著胸罩站在沙漠太陽之下。我站在游泳池邊，遠離了大家。在這裡，我遇到了羅賓，很高的小兒科醫生，有著很溫柔的手和波浪長髮。因為看我獨自一人，她走過來跟我說話。羅賓是和她的夥伴一起來的，也是一位急診室醫生。我們聊到同事們在這種派對裡令人驚駭的行為，當男人開始把穿著衣服的女人丟到游泳池裡時，羅賓和我一起走開了。

我記得我們走過沙丘，聊到馬。我剛剛開始學騎馬，羅賓從八歲就開始騎馬了。我們兩個都覺得跟馬在一起比跟人在一起自在多了。

她唸了一個小時，而我聽著。

羅賓回家了。羅賓在網路上做了研究，學習如何做簡單的棺木，她開一個半小時的車去聖塔菲的材料行買材料。

當她把材料拿去結帳時，年輕男孩愉快地說：「你要做什麼東西嗎？」

「棺材。」羅賓想都沒想就說出口了。

男孩臉色忽然刷白，眼睛往下看，算帳的時候一直沒有再抬起頭來。

在寬大的窗沿上，關指出她想要陪葬的東西。一個破舊的絨毛熊貓娃娃，她在路易斯安那的童年舊物；我給她的紫色頭巾；瑪麗．奧利佛（Mary Oliver）的詩集；泰瑞．天普斯特．威廉姆斯（Terry Tempest Wiliams）寫的《躍進》（*Leap*）；她的醫生名牌，寫著「提卡爾醫師」（Dr. Teekell），她打算把名牌別在睡衣上面，還要別著另一個別針，證明她是美國急診醫學大學（American College of Emergency Physicians）的畢業生；皮革做的飛行員帽，邊緣是郊狼毛草；她的書的序文和她的手杖。

死亡變成尋常事物，不用逃離。

「我們什麼都討論好了。」羅賓想要繼續住在農莊上，即便她會是一個人。

「我跟她說，我希望她再找到一位愛人。」她對羅賓微笑。「只要我永遠是她心裡的第一。」

我待了三小時，甚至跟關喝可樂，她非常高興我跟她一起喝可樂。她的冰箱裡有一整箱。

「請再來看我。」

我答應她會再來，離開時充滿能量，這次的拜訪真是棒透了。我開車渡河，陰影拉得越來越長了，我忽然明白：她要死了。當她被放進棺材時，她會是死的，她不會再回來了。我想像羅賓一個人在農莊上的漫長時間，我覺得好累，胸膛繃得好緊。

當車子行駛到泥濘的泥土路上，我停下車，打開關起的三道柵欄，我回想到我在馬貝兒．道奇帶的第二次七月禁語的避靜寫作營，那個星期即將結束，大家安頓得很好了。我們一起坐車到苦修路，駛過泥土路，停了車，走到摩拉達（Morada）的苦修教會。這個教派早就被禁了。這是廣大的普魏布勒（Pueblo）原住民保留區中的一個小灣，一條很窄的小路，路旁都是鼠尾草、龍柏和矮松。每條小路的盡頭都有一個巨大的木質十字架，五公尺高，以前的信徒是揹著十字架苦修的。往北可以看到整個道斯山，道斯的普魏布勒族人住在山腳下，將此山視為聖山。西南邊遠處則可以看到新墨西哥州阿比奇歐（Abiquiu）一百六十公里外平頂的比德諾山（Pedernal）。喬治亞．歐姬芙（Georgia O'Keeffe）和上帝做了交易，如果她畫這座山畫得夠多，這座山就是她的了。她的骨灰就在山頂。

車子停好之後，我們在摩拉達相會，掀起黑色塑膠防水布，露出下面遮蓋的磚塊。我解釋泥屋的作法，「每一個磚塊重約十八公斤，混合了泥土、水、沙和稻草，倒進長方形的模型裡，在陽光下曬乾。這裡的陽光很強，這種磚塊很持久。」

我們開始慢走，從摩拉達的黑色十字架開始，走到龜裂的白色十字架。我們慢走半小時，我偶爾會搖鈴，讓大家停下來，手臂垂在身側，呼吸三次，提醒自己讓一直往前，忽然定睛在路盡頭的那個十字架方向，心智也慢下來。我們要記得回到一步接著一步的專注。

當我們真的到了，我指著遠處以某個角度橫越道斯山的一排暗暗的樹。「一直連到藍湖，鐵哇（Tewa）族的聖地。他們不允許外人進入聖山。一百五十年來，美國林業局控制了這片土地，讓白人打獵釣魚，但是尼克森簽了約，把土地歸還給普魏布勒人。他們很愛尼克森。」

有時候，我指著圓圓寬寬的聖安東尼奧山（San Antonio Mountain）的西邊，野生馬鹿成群；有時候我指著一株枝枒散亂的大榆樹，附近唯一的高大的樹。「那棵樹下，香蕉玫瑰有了覺知的經驗。」我指的是一九九五年我寫的同名小說。

但是，在馬貝兒．道奇舉辦的第二次寫作營裡，我沒有解釋這些，因為當我們到達十字架時，天已經全黑了。我教學時，常常做些沒有事先計劃，全憑一時衝動的事。我說：「我們走到十字架那邊去。」沒有考慮天色漸暗了，也沒有叫任何人帶著手電筒。普魏布勒人沒有電力，他們試圖保持原有生活形態，連一絲絲天光也沒有。大家都靜止不動，知道我們回不去了。

我現在想起來了，鬫也在那次慢走的隊伍中，她靠了過來，說：「今晚滿月，一個小時內，月亮就會升起了。」鬫就是這樣，知道各種各樣的知識、細節、搭配。

我好高興，轉身跟大家說：「我們會站在這裡，等待月亮升起。」我回頭看鬫，她指一指道斯山東方，附近一個高起的山丘，「那邊。」我隨著關指過的方向指去。

我們站成一列，手臂垂在身側，沒人亂動，頭微微抬著，足足等了四十分鐘。你曾經在全然的黑暗中等待光線出現嗎？這是很長、很長的時間。我們很有耐性地站在無垠裡，時間到了，月亮自然會升起。我這個笨拙的領袖依賴著關的知識，慢慢地、慢慢地，看見山上出現了淡淡的光，就像一層柔柔的霧水。我們看著它越來越亮，不斷擴散，一點也不急。

然後，忽然間，啪！整個明亮的球體從山頂升了起來。同時，郊狼開始嚎叫，普魏布勒族人開始打鼓，鼓聲穿越了空曠。我們轉身，道路被月光照亮了，我們在月光下走回家。

關過世於二〇一一年六月二十三日，幾乎剛好十年之後。

她過世一週前，貝絲．赫爾德從懷俄明州（Wyoming）的夏安（Cheyenne）開車去探望關一整天（在西部，我們會開車到很遠的地方去探望朋友）。貝絲要離開時，關倚著手肘說：「從這個角度，讓我給你兩個建議：第一點，」她彎一根手指，「好好活每一分鐘，你完全不知道自己能活多久。」

「第二點：如果你想做什麼事情，現在就去做，不要等。我本來以為我要等到退休才開始真正的寫作。當我聽到自己臨終的診斷時，我立刻明白，我這一生真正想做的就只是寫作。」

No.38 藍色椅子：創造質地

我剛剛在一張很大的紙的正中央畫了一張很大的椅子。你會想安穩坐進去、寫一本關於熱戀的書的那種椅子，書裡描寫很多在各種無法想像的地方發生的性愛場景，公車後座、小巷子裡的大垃圾桶後面、臨終母親的隔壁房間裡。或是，冬天的每個早晨，坐在這張椅子裡，在窗戶前，看著無止盡的雪，喝著熱茶，吃著一個粉紅色的杯子蛋糕，就是要跟健康和寒冬過不去，或許你會把雙腿掛在椅子巨大的把手上，學習吹口哨，或唱愛爾蘭民謠。總而言之，這是一張很棒的椅子，幾乎佔滿了整張紙。

現在，我拿起顏料，開始上色。我用不透明水彩，不像水彩那麼透明，水彩會使光線透過顏色照到紙上，不透明的水彩的色料是不透光的。我有塊狀顏料，也有用管子裝的顏料。我從青綠色開始塗，但是青綠色在紙上看起來有些單薄，所以我把畫筆沾了紅色，塗在椅子的各處，因為底層是青綠色，椅子並不會變成紅色。我試了綠色，然後試了天青色，然後大大地跨了一步，用強烈的粉紅色。我擠出一些紅紫色，在畫筆上加水，在一排

塊狀顏料和管子之間變換著，除了搞得一團糟之外，我在做什麼？我運用極端對比，直到椅子像貓咪發出的呼嚕呼嚕聲，看起來像絲絨。現在是什麼顏色了呢？我不確定這算是綠色、藍色或紫色？以上皆是，但不是一塊一塊的顏色，比較像你看一件東西看得夠久之後，所看到的樣子。一個顏色裡其實有許多不同顏色，我轉頭看著我的黑椅子，就在我的書桌旁邊，早上七點了，從隔壁建築物窗戶反射進來的光線，讓椅子上有了一層淡淡的黃色。圖畫裡的椅子，無論它是什麼顏色，在紙上活了起來，豐富、發光、發出邀請。那質地，讓它活了起來。

現在我要做什麼呢？我加上條紋、背景裡有花的壁紙、右邊角落一盆虎尾蘭。我在上方加了一個鳥籠，裡面有三隻藍色的鳥，其中有一隻在鞦韆上。我想要更多的鳥，於是我又在椅子後面的地板上畫了兩隻鳥，這是兩隻逃脫的鳥，面向相反的方向。我加了一些線條，把地板變成木質的。現在我要在椅腳放一些繽紛的書，這是一張很文學的畫：海明威、麥卡勒斯（McCullers）、褚威格（Zweig）、鮑德溫（Baldwin），我用黑墨汁寫書脊上的書名。

我記得，二〇一一年十一月是《心靈寫作：創造你的異想世界》出版二十五週年紀念，這是我的第一本書。在椅子右前角，我畫了一本打開著的筆記本，上面的字跡幾乎無法閱讀，但是可以看出那一章的標題〈吃了一輛汽車的男人〉（這是書裡的一章），每隔幾行，可以看到一些足以辨認的字：走、飢餓、你、寫作、片桐。我坐在這張椅子裡寫成了一本書，這幅畫成為我對這本書的祕密致敬。我在左邊地板上加了一杯熱巧克力，一個用銀色紙杯裝的粉紅杯子蛋糕，上面有一顆紅色櫻桃。

大部分這些東西：筆記本、書、杯子、鳥籠、杯子蛋糕，都只有單一顏色，黃的、綠的，鳥籠是深藍色，來自盒子裡很舊的一個色塊，壁紙上的紅花則是中間一點紅，有著深黃色的花瓣。這些細節都用原色來畫，一筆或兩筆即成，不像椅子有那麼多層次的質地。椅子是視覺中心，有重量、存在感、深刻的角度，故事就在這張椅子了。四周的細節很吸引人，都是可愛的東西和稍縱即逝的大自然，就像回憶錄裡面的細節之於結構。結構就是這張椅子，這才是真正的驅動力，這整件事情會發生的原因。

我為什麼要告訴你這些？過一段時間之後，你學會了培養質地，你寫的文字會有某種豐富感，一層一層的往上加，你幾乎可以感覺到絲絨般的質地。你的文字成為有知覺的東西，像窗外的風，紅色的日子，屋頂瀝青甜美微酸的氣息。

一個學生跟我說：「我完成了十分鐘書寫練習，跟我自己說，你知道嗎？真不錯呢，你應該繼續發展它。我這麼一說，我的心就死了。所有的熱情都消失了。」

我問：「如果你拋開發展兩字，而是跟自己說，加一些質地、細節和色彩進去呢？」

她點頭如搗蒜。對，對！

「發展」兩字在學校規定的作文課上被過度使用了，也讓我們的腦子卡住了。

上星期，仁寫到她開車離開猶他州一個小鎮時，看到飛碟。如果她直接用了「飛碟」一詞，我們大概都會完全不當一回事。是啦，是啦，我媽媽還有翅膀咧（作者可是很會嘲諷）。但她不這麼寫。她緩慢地描述眼前的景色，矮矮的山丘，厚重的烏雲，一筆一筆地刷過去，遠處閃閃發光。她一開頭就寫「我知道它發生了。」發生什麼了？她的夥伴也坐在車裡，手上拿著一罐代糖可樂。可樂罐子的顏色是個對比，和陰影、質地形成對比，也和遠處正在發生、卻無法確定的事情形成對比，同伴也不確定那是什麼，但是她確定有些事要發生了。她一直沒有提到「飛碟」這個詞，從未提及。她無需提及，我們就已都感覺到它升起，無以名狀且無法解釋地，被帶入神祕和信仰所引發的驚訝氣氛中，緊緊抓住那罐可樂，那一點點熟悉的事物。

仁朗讀這篇文章時，我們可以感覺到她的童年家鄉，尼布拉斯加（Nebraska City），以近乎農夫的氣質，既輕描淡寫又敏銳覺察地，影響著氣氛，預測著什麼。我們可以感覺到她童年的寂寞、失望和猶疑，像是遠處山丘慢慢升起什麼東西，讓人看見它的存在。家鄉在尼布拉斯加市，植樹節的起源地，這個有個冷漠母親的女孩傾身向前，靠在車子儀表板上，在丹佛市外，進入了另一個世界。一切都在那裡了。

有時候，你以為故事已結束，卻又出現了另一點什麼時，質地才現身。我的學生，關，已經過世了，我以為這就是故事結尾，然而，上星期三早上靠近中午時，她的伴侶羅賓來看我。她進城來為農莊辦點事情，已經兩個月了，羅賓一個人獨自住在農莊上，照顧著三千畝的地。我這輩子還沒看過這麼美麗的臉上刻劃著這麼深的悲傷。但我們不談這個。她們有兩個雞舍，一個雞舍設置一層層的架子，養的是母雞；另一個雞舍裡則是正在長大的小雞，大約成雞的四分之三大小了。兩天前，羅賓換好衣服，準備開車去拉斯維加斯值小兒科的班。她先到雞舍去看一下，發現有三十四隻小雞的頭被咬掉了，胸部撕開，到處都是血和羽毛，唯一存活的小雞在外面尖叫，踩著死去同伴的屍體。

穿著套裝的羅賓嚇壞了，抓起倖存的那隻小雞，把牠丟進母雞的雞舍，希望牠已經夠大了，可以在此存活。羅賓爬上卡車，已經要遲到了，她知道自己有一大堆看不完的門診，還是把卡車轉個大彎，想知道誰會做這種事情？她看到牆上有熊的爪印，看到小小窗戶的鐵柵欄被拉彎變形了。夏天一直乾旱，熊急著在冬眠之前找到食物，整個州的動物控制中心都接到一大堆電話，請他們去抓熊。

羅賓查了網路，發現熊會吃雞的肝臟和頭，那天晚上，她用鋤頭挖了一個很深的洞，埋葬了三十四隻雞的屍體。鄰居叫她去弄一隻長槍。「牠們一旦來過，就會再來。」

「我從一九七九年開始就吃素了，現在要我獵熊嗎？」她喝著薄荷茶，跟我說。

十天後，我接到一封電子信件：過去一週，同樣的那隻惡棍大熊爬上儲水槽，走過屋頂，滑下走廊，打破窗戶，殺了孵蛋的母雞，只留了八隻活口，那隻唯一倖存的小雞也死了。第二天晚上，大熊又回來了，這次只留下一隻受到驚嚇的活口，羅賓將這隻母雞帶到摩拉的朋友家。所有的流浪貓也都被殺死了，只剩下一隻，大熊每個晚上都會回來，「我現在每天晚上睡在卡車裡，手裡抱著長槍，只希望這件事情快快結束。」

截至目前，她還沒親眼遇過這隻熊。

信的下一段，她列出當地出版商建議的小標題。出版商打算出版關的書，她在過世前花了三個月完成的書，叫作《冬季歲月》（*The Winter Years*）。羅賓喝茶時跟我說，關計劃要寫這本書很多年了，大綱都有了，掙扎多年，一直到她聽說自己要死了，才放下一切考慮，直接寫了。

「噢，關，」我說，抬頭看著天花板。「我從未像此刻如此希望你回來。我得說，你正是用我教你的方式完成了這本書。三個月，開始。」

羅賓和我都笑了，其實這件事情的意義更深刻，我無法說得更多了；說了的，就是說了，她已經過世的事實不斷產生漣漪，即使在最後一顆石頭落地之後，仍是如此。豐富地活下去。

No.39 無法光靠自己寫出這些

星期一晚上，我開車穿過這個小城，經過阿拉米達街，在帕西歐路左轉。不是很快的轉彎，但我前面的灰色汽車熄火了，我必須等待綠色左轉燈，然後是全方位的綠燈，以及很久的紅燈。到了帕西歐路，我繼續開著，不明白我為什麼要去這個書寫小組，我雖是成員之一，但之前都沒去過，因為我正在寫一本書，不想讓我的手匆匆忙忙地劃過紙張，為腦中的思緒所苦。我需要方向、章節、點子，但過去兩週以來，我注意到我書寫用的書房，放了四種巧克力糖，兩卷佐斯特巧克力圓餅，書架上有一整排架子用來堆放我的甜點；書房裡還有我住在道斯鎮平頂山時用的老舊椅子，一張桌子和鋪了白色瓷磚的廁所，牆上有一幅明尼亞波利的風景畫，一九八〇年我第一次個展時以五十美元賣出，二〇一〇年以五百美元買回；溫蒂・強森（Wendy Johnson）畫的水彩畫也在書房，那時她還是年輕的禪修學生，在加州塔沙哈拉（Tassajara）的瀑布那邊練習修行；我還有一幅佛陀、飛機和貓的畫，是華府一位老學生安德魯・赫德森（Andrew Hudson）畫的；另外，是一堆筆記本，一本很破舊的《傷心咖啡館之歌》（*Ballad of the Sad Cafe*），還有一本很大的字典，是我父母第一次到道斯鎮看我時花了二十五美元買給我的，那時他們說，要買個禮物送我，我就說我需要字典。

「字典！」我的父親說，那種口氣就像我五年級想要顯微鏡，六年級想要化學實驗器材一樣的不可置信。

我還有筆，一整盒的筆，地上還有一張瑜伽墊，我的後腰很緊的時候就在瑜伽墊上拉筋伸展。

正因為這些東西，過去的一週半我根本不想去書房。我很瞭解抗拒是什麼。即使你很想做一件事情，例如我很想寫這本書，可是就在你開始之前，水泥牆倒了，手臂太沉重了，眼睛痠了，你問自己，這麼寶貴的一生，我就只做這件事情嗎？我瞭解這一切，瞭解如何拒絕那個推力，將之轉化成紙頁上的驅動力，但這次不是抗拒，是寒冷的房間，白色的牆壁，我無話可說，我沒有遇到瓶頸。我不相信作家瓶頸這回事，你拿起筆，開始寫就是了。

我知道其實不是書房的問題。我可以去圖書館或咖啡館。七月了，白天越來越長，文字背後有些訊息在我心裡充盈著，可是我沒有在書寫。上個星期三，我走到禪修中心去聽一場演講，聽到打哈欠，大部分時間坐立難安。即將結束時，演講者引述了《鐵笛》

（*Iron Flute*）裡的第三十六條公案：你死後，我要去哪裡找你？聽到這句話，我的身體跳起來。我知道這整個公案，那個簡短的禪修故事。面對南方的梅樹枝椏和面對北方的梅樹枝椏。一個巨大的裂縫打開了。當他們搖鈴，大家向聖壇鞠躬時，我站起身，直接走出大門，沒跟任何人打招呼，就這樣走回家了。

第二天，我去了科羅拉多州。經過聖路易斯（San Luis），還沒到洛磯山脈的漫長路途上，我想起四十年前，我和丈夫開車來這裡過，晚上就在路邊的白楊樹下，睡在睡袋裡。我感覺到這些年的縫隙，但願我們還維持著婚姻關係，就可以認識三十多歲、四十多歲、五十多歲的彼此了。整個週末，我感覺到那時和現在的差距，過去與當下的差距；整個週末，我都在洛磯山脈爬山，在豪華餐廳吃非常昂貴的羊排，聽一位年輕的二十五歲韓國提琴家，在艾斯本音樂節（Aspen Music Festival）演奏阿隆．柯普蘭（Aaron Copland）的樂曲，感覺自己和琴弦一樣，在小提琴上被劃開來了。這個週末非常愉快，今天回到了家，早上醒來，還是覺得寂寞，無法描述的寂寞，腦子裡有個蜂窩，裝滿了迷失的思緒，胃裡還有一顆很硬的堅果，我知道，一切都沒有改變。我無法走進書房或爬進筆記本裡，無論去何處或用什麼誘餌都沒有用（當然，我可以，我有三十五年的書寫經驗了），但是我知道我必須寫作，在冷風中，你無法轉身也無法扭來扭去（學禪的人會說，就像把蛇放進竹子裡去）。

所以，我開車去朋友們相聚書寫的地方，黃昏還早，仍然看得到天光，一百五十天以來，首次下了兩小時的雨，高大的黃松仍然炙熱地燃燒著野火。我開著車，聽著亞伯拉罕・佛吉斯（Abraham Verghese）寫的《雙生石》（*Cutting for Stone*），十年前，我認識了佛吉斯。那時，他住在波士頓，我寫信給他，討論他的第一本書，內容是關於田納西州的愛滋病症。我們書信往來了一陣子，他還到我的班上參觀過，但後來，我們失聯了。我聽著充滿異國風味的衣索比亞醫療故事，心想，亞伯拉罕，我認識你的時候，都不知道你心裡有這些故事。我為他感到驕傲，心想，我可以現在找到你，跟你說嗎？

我把車停在尋常的街上，走出來，走到藍色的人行道上，用力關上車門。過去一點，有一輛本田汽車，旁邊站著三個朋友。我們沒說多少話，但親暱地捏捏並擁抱她們來看望祖母的的孫女。我們走進屋子，低矮的咖啡桌上放了一杯杯的水、無花果餅乾和米果，我看到一盤方塊巧克力，但是我一顆也沒吃。

我希望我書寫的時候，這些女人也會書寫，因為我無法光靠自己寫出東西來。這是關於空虛感，不是來自書寫和一切源頭的那種豐富的空虛，而是你丟下一顆炸彈之後感覺到的空虛。只剩下你一個人了，沒有人可以說話。食物都受到汙染；水更糟糕，但是沒人可以說話是最最最糟糕的了。

我頭十八年生命裡，渴望著我的母親，卻從未得到她，幾乎很少和她說話。在這個書寫團體的巨大空間中，我忽然發現，今天是她的生日。冥壽九十五。太陽在運轉，地球也在繞行，兩個人，一個對世界很重要，一個對我童年的整個宇宙很重要，在此時，從虛無中冒了出來。就是這個了。我懷著虛無，因此無法書寫，回到那個人們所說的祕密之地，我們從何處來，將往何處去？

有人說，藝術很重要。可是比起乳酪三明治、幫忙別人過馬路、或走過巨大的建築物時感受到的遮陰，藝術並沒有更重要。什麼才重要呢？或許是這些安靜的人們，彎腰寫著筆記本，靜默，將文字傾倒在紙頁上；或許文字很重要；或許，多年前我會想跟我母親說說話，跟她說我們在伯克老師班上做的科學實驗，水是如何蒸發，讓玻璃起了霧，我們讓水又出現了。母親，我想告訴你，五年級的時候，伯克老師對我異常重要，我想告訴你，有橫紋的紙放在小橡木桌上，而我的長腿放在桌下的感覺是什麼；母親，我有兩隻手，我用一隻拇指和其它指頭握住筆。我想告訴你這一切。

No.40 結語

當佛陀已經八十多歲，知道自己快要過世時，他很想再次看看瓦伊沙利（Vaishali），那裡有很多美麗的寺廟。他和他的親近弟子阿難一起慢慢地走了好幾里路，去看這個城市最後一眼。一路上，他們練習冥想、保持覺知、和平，不傷害任何事物。這種慢走會發出光芒，創造時間與空間，因此，雖然佛陀已經臨終了，他也不急，他還是有時間享受空氣和陽光、經過的樹、鳥鳴、老朋友阿難的陪伴。

在瓦伊沙利城外，他修隱了兩週。就在那時候，他判斷自己三個月內會死亡，於是出關，告訴阿難這個消息，然後站在山丘上看著瓦伊沙利，再也沒有走進這個城市。經書上說，他扶著阿難的手臂，最後一次看著瓦伊沙利，「眼睛有如大象皇后」，然後轉身離去。

這個景象和時刻一直感動著我。想像一隻巨大灰象的龐大、重量和存在感，還是皇后呢，如此莊嚴的女性脆弱，覺知了生死輪迴。這個人，這位覺知者，維持著「存在的淒

美」和「無常的真切」之間緊綳的那條線，沒有任何件事情是永恆的，你無法抓住不放。最後一次看著你愛的某件事物，同時知道並接受自已的死亡，轉身離去，道別。

一切因緣和合法，必定敗壞，
大家應自精勤，不要放逸！

——佛陀的遺言

另一個我隨時放在心裡的故事，是關於法國作家柯蕾特（Coletter）。她五十二歲時遇到第三任丈夫，比她小了十七歲的猶太人莫里斯．古德蓋（Maurice Goudeket），十年後與他結婚。

莫里斯十六歲時，從學校回家吃午飯，跟母親說：我們今天學到一位作家柯蕾特。有一天，我會跟她結婚。

舉個例子，讓你知道法國人有多麼熱愛她的文字：一個晚上，八十多歲的柯蕾特走出小劇院，小偷搶走了她的皮包。第二天，地方報紙刊登了這件事情，很快地，她的皮包就被還回來了，錢都還在，有張紙條上寫著：我不知道是你。即便是賊，也愛她。

世界第二次大戰時，納粹佔領了巴黎，莫里斯被抓走了，因為他們要殺掉所有的猶太人。柯蕾特去拜訪維琪（Vichy）政府，要求、懇求釋放他。他們說他們會看看能做些什麼，他們不知道他人在哪裡，也不知道他是否已經被遞解出境了。

她回家，坐在接近大門的窗前，在那幾週的不確定和恐懼之中，手持紙筆，寫出了《金粉世界》（*Gigi*），一個年輕法國女孩的成長故事，後來成為百老匯戲劇和好萊塢電影。

這是在對人類的想像力和精神致敬。她在可怕的脅迫之下，還是保有了自主性，還是能夠發光，甚至能創作（是的，莫里斯最後被釋放了）。

我告訴我的學生，閉嘴，開始寫。你只需要這五個字，但是真正實踐這五個字卻不容易。這句話有禪修的簡要性，簡潔有力，直接穿入，講到重點，但我們必須穿透很多層次的生活，才能拿到這個處方。我們必須瞭解語言的尊嚴，從各個角度瞭解戰爭和攻擊性，然後耐性、緩慢地記錄細節、欲望、痛苦、希望，然後放手、靜默與訴說，沉著、決斷，而後又困惑慌亂、失控、以為我們可以逃脫。我們歷經整個過程和極端，直到我們降落到核心：安靜、看似無害、幾乎沒動靜，但仍內在兇猛、決絕，碰觸到喜悅與真誠，然後將之傾倒在紙頁上。

古代中國，吳國的和尚朱棣獨自修行，非常用功。某夜暴雨正急，一位叫作實際的女尼來了。她繞著朱棣走了三圈，說：「如果你說話，我就留下來過夜。」他想不出來要如何回應。女尼離開了，進入暴風雨中。朱棣跟自己抱怨：「我太沒用了，我連這個女尼都無法幫助。」他決心打包，回去寺院。那天晚上，睡夢中，山裡的精靈來了，在他耳邊輕輕地說：等一等。你不需要離開這座山，有人會來你這裡。他醒了過來，雖認為自己只是在作夢，但仍然決定延遲一個月再離開。到了第十天，他正在草屋裡盤腿打坐，一位偉大的老師來了，坐在他對面。朱棣非常高興，也很驚訝。他對老師鞠躬，述說自己的困境。老師舉起一根手指，指著他。當下，朱棣頓悟了。

從此以後，終其一生，只要有和尚找他，朱棣就舉起一根手指，不做別的解釋。很簡單的回應，卻包含了許多內涵。

過去二十五年，每次有人問我，要有什麼條件才能書寫？我總是重複這五個字：「閉嘴，開始寫」。談話總是很簡短，問的人通常希望我討論書寫生涯的始末與浪漫，以及諸多在摺縫、陰影和漣漪中的迷失，但是這些都不是重點。是的，你確實會得到這些裝飾性的收穫、渴望與抗拒、痛苦與狂喜，但你需要不斷練習，一步步地踏出，一次次地呼吸，一個字一個字地寫下去。在那個狹窄的懸崖邊，你會一再地在愛、恨、生、死之中遇見自己，請加入這群受過試煉而保持真誠的人吧，讓自己成為和平之人。當你練習，你就不再為大家惹麻煩了，這些麻煩——回憶、傷痛、一切——現在都是你的了，你擁有了它，得為它負責。你知道你應該怎麼做：閉嘴，開始寫。

有人說，學生必須超越老師，教學才能傳承下去。片桐大忍以及其他禪師將古老的日本寺院禪修方法帶出來，傳授我們他所知的一切。傳承是我們的責任，我們這些瞭解美國文化的人，現在必須讓禪修活躍、茁壯、甚至舉足輕重，如此一來，種籽才會成長、生根。我的偉大的老師已經過世二十多年了，我要他的教導透過筆下的墨水和電腦的嗡嗡聲繼續歌唱，用我們獨特的方式展現自由與理解。西方世界需要亞洲的教導，但是禪宗也需要我們。如今，我正站在他的肩膀上。

〔附錄一〕延伸閱讀

- 《擁抱不完美：認回自己的故事療癒之旅》（2013），周志建，心靈工坊。
- 《寫，就對了！找回自由書寫的力量，為寫而寫的喜悅》（2013），茱莉亞・卡麥隆（Julia Cameron），橡樹林。
- 《療癒，從創作開始：藝術治療的內在旅程》（2013），派特・亞倫（Pat B. Allen），張老師文化。
- 《生命書寫：一段自我療癒之旅》（2012），蔡美娟，心靈工坊。
- 《故事的療癒力量》（2012），周志建，心靈工坊。
- 《女性書寫的逃逸路線：自己的房間》（2011），維金尼亞・吳爾芙（Virginia Woolf），網路與書出版。
- 《抵達自己：十三堂療癒身心的人生寫作課》（2011），沒力史翠普，布拉格文化。
- 《敍事研究與心理治療》（2010）珍・絲比蒂（Jane Speedy），心理。
- 《創作，是心靈療癒的旅程》（2010），茱莉亞・卡麥隆（Julia Cameron），橡樹林。

- 《唯有書寫：關於文學的小故事》（2010），朱嘉雯，秀威資訊。
- 《當下覺醒》（2010），史蒂芬・鮑地安（Stephan Bodian），心靈工坊。
- 《從故事到療癒：敘事治療入門》（2008），艾莉絲・摩根（Alice Morgan），心靈工坊。
- 《狂野寫作：進入書寫的心靈荒原》（2007），娜妲莉・高柏（Natalie Goldberg），心靈工坊。
- 《心靈寫作：創造你的異想世界》（2002），娜妲莉・高柏（Natalie Goldberg），心靈工坊。
- 《故事・知識・權力：敘事治療的力量》（2001），麥克・懷特（Michael White），心靈工坊。
- 《敘事治療：解構並重寫生命的故事》（2000），吉兒・佛瑞德門（Jill Freedman），張老師文化。

〔附錄二〕志工的任務

每一項任務都有專屬的一張單子。我希望你能夠想像並複製你需要的避靜寫作任務清單。所以在此提供。

◎點蠟燭（蠟燭在聖壇上，牆上的兩個凹槽中）

星期一 ____________

星期二 ____________

星期三 ____________

星期四 ____________

星期五 ____________

星期六 ____________（時間表上每一堂課之前都要點蠟燭）

◎熄滅蠟燭

（每堂課下課後熄滅蠟燭）

星期一
星期二
星期三
星期四
星期五
星期六

◎裝滿水壺

（學生拿一個紙杯，寫上名字，可以整週重複使用）

星期一
星期二
星期三
星期四
星期五
星期六

◎打掃禪修中心

星期一下午 ＿＿＿＿＿＿

星期二上午星期二下午 ＿＿＿＿＿＿

星期三上午星期三下午 ＿＿＿＿＿＿

星期四上午星期四下午 ＿＿＿＿＿＿

星期五上午星期五下午 ＿＿＿＿＿＿

星期　六 ＿＿＿＿＿＿

◎打掃走廊

星期一下午 ＿＿＿＿＿＿

星期二上午星期二下午 ＿＿＿＿＿＿

星期三上午星期三下午 ＿＿＿＿＿＿

星期四上午星期四下午 ＿＿＿＿＿＿

星期五上午星期五下午 ＿＿＿＿＿＿

星期　六 ＿＿＿＿＿＿

◎領導靜默朗讀團體

星期一

星期二

星期三

星期四

星期五

星期六

◎7：30靜坐時，早上的搖鈴

星期一

星期二

星期三

星期四

星期五

◎城鎮宣達

星期一＿＿＿＿

星期二＿＿＿＿

星期三＿＿＿＿

星期四＿＿＿＿

星期五＿＿＿＿

星期六＿＿＿＿

〔附錄三〕避靜寫作營的書單

在一年性的密集避靜寫作營裡，每一季，我會指定四本書要學生閱讀。其中兩次聚會，我也要求他們，在這一年裡，讀一本一直想讀卻從來沒讀過的書。我要他們盡量選擇經典名著。

「夜空內」密集避靜寫作營，2004

WINTER

Fugitive Pieces by Anne Michaels
Patrimony by Philip Roth
Push by Sapphire
The Triggering Town by Richard Hugo

SPRING

Ex Libris by Anne Fadiman
Newjack: Guarding Sing Sing by Ted Conover
The Spirit Catches You and You Fall Down by Anne Fadiman
Waiting by Ha Jin

SUMMER

Fierce Attachments by Vivian Gornick
Mitchell & Ruff: An American Profile in Jazz by William Zinsser
Montana 1948 by Larry Watson
Waiting for Snow in Havana by Carlos Eire

FALL

At the Bottom of the River by Jamaica Kincaid
Savage Beauty by Nancy Milford
The Black Notebooks by Toi Derricotte
The Things They Carried by Tim O'Brien

「世界回了家」密集避靜寫作營，2006

WINTER

Black Livingstone by Pagan Kennedy
Giovanni's Room by James Baldwin
Home Before Dark by Susan Cheever
John Cheever short stories: "Goodbye, My Brother"
"The Housebreaker of Shady Hill"
"The Enormous Radio"
"The Swimmer"

SPRING

A Place to Stand by Jimmy Santiago Baca
Bones of the Master by George Crane
The Language of Baklava by Diana Abu-Jaber
Walking with the Wind by John Lewis

SUMMER

Mockingbird by Charles J. Shields
The Song of the Lark by Willa Cather
Three Day Road by Joseph Boyden
To Kill a Mockingbird by Harper Lee

FALL

Candyfreak by Steve Almond

In Cold Blood by Truman Capote
Stoner by John Williams
The Amazing Adventures of Kavalier & Clay by Michael Chabon

「深刻緩慢」密集避靜寫作營，2009

WINTER

Ceremony by Leslie Marmon Silko
Crooked Cucumber by David Chadwick
The Great Gatsby by F. Scott Fitzgerald
When the Emperor Was Divine by Julie Otsuka

SPRING

Departures by Paul Zweig
Heat by Bill Buford
Red Azalea by Anchee Min
The Brief Wondrous Life of Oscar Wao by Junot Díaz
The Situation and the Story by Vivian Gornick

SUMMER

America Is in the Heart by Carlos Bulosan
Miriam's Kitchen by Elizabeth Ehrlich
My Life in France by Julia Child
The Woman Warrior by Maxine Hong Kingston

FALL

Brothers and Keepers by John Edgar Wideman
Leaving Cheyenne by Larry McMurtry
Seeds from a Birch Tree by Clark Strand
The Florist's Daughter by Patricia Hampl

密集修隱會重聚（2010年二月）

A Gesture Life by Chang-Rae Lee
On Chesil Beach by Ian McEwan
Wide Sargasso Sea by Jean Rhys

「內外翻轉」密集避靜寫作營，2011

WINTER

Cheri, and The Last of Cheri by Colette
The Immortal Life of Henrietta Lacks by Rebecca Skloot
The Last Survivor by Timothy W. Ryback
Things Fall Apart by Chinua Achebe

SPRING

A Personal Matter by Kenzaburō Ōe
Just Kids by Patti Smith
King Leopold's Ghost by Adam Hochschild
The Old Man and the Sea by Ernest Hemingway

SUMMER

Bearing Witness by Bernie Glassman
Contemporary Creative Nonfiction: I & Eye an anthology
by Bich Minh Nguyen and Porter Shreve
Tortilla Curtain by T.C. Boyle
Choose one of these:
Seabiscuit by Laura Hillenbrand or
Unbroken by Laura Hillenbrand or
The Spirit Catches You and You Fall Down by Anne Fadiman

FALL

Night by Elie Wiesel
Reflections in a Golden Eye by Carson McCullers
We Wish to Inform You That Tomorrow We Will Be Killed with Our Families by Philip Gourevitch
New Yorker articles by Philip Gourevitch:
"Letter from Rwanda," July 11/18, 2001
"Reporter at Large: The Life After," May 4, 2009

密集避靜寫作營重聚（2012年二月）

以下是過去十二年的單週「真正的祕密」避靜寫作營的書單。我通常指定一本或兩本書，倒不是因為單週的密集的較不嚴格，而是因為目標不同——體驗靜坐、慢走和書寫之間的彼此連結，體驗那種空間與和平的感覺。（參加「真正的祕密」寫作營的學生通常必須曾經跟著我上過書寫工作坊。）

The Lone Ranger and Tonto Fistfight in Heaven by Sherman Alexie
Death Comes to the Archbishop by Willa Cather
The House on Mango Street by Sandra Cisneros
Breath, Eyes, Memory by Edwidge Danticat
The Paperboy by Pete Dexter
Chronicles by Bob Dylan
A Lesson Before Dying by Ernest J. Gaines
The Honey Thief by Elizabeth Graver
Praying for Sheetrock by Melissa Fay Greene
Dharma, Color, and Culture by Hilda Gutiérrez Baldoquín
Being Peace by Thich Nhat Hanh
Death in the Afternoon by Ernest Hemingway

31 Letters and 13 Dreams: Poems by Richard Hugo
A Child Out of Alcatraz by Tara Ison
Gardening at the Dragon's Gate by Wendy Johnson
Survival in Auschwitz by Primo Levi
Edge of Taos Desert by Mabel Dodge Luhan
West with the Night by Beryl Markham
Under the Tuscan Sun by Frances Mayes
The Ballad of the Sad Café by Carson McCullers
Leaving Cheyenne by Larry McMurtry
The Last Picture Show by Larry McMurtry
So Long, See You Tomorrow by William Maxwell
House Made of Dawn by N. Scott Momaday
Becoming a Man by Paul Monette
Borrowed Time by Paul Monette
Running in the Family by Michael Ondaatje
The Work of This Moment by Toni Packer
Close Range: Wyoming Stories by Annie Proulx
Hunger of Memory by Richard Rodriguez
The Human Stain by Philip Roth
Street Zen by David Schneider
The Delicacy and Strength of Lace
by Leslie Marmon Silko and James Wright
Crossing to Safety by Wallace Stegner
Subtle Sound by Maurine Stuart
Zen Mind, Beginner's Mind by Shunryu Suzuki
Seven Japanese Tales by Junichiro Tanizaki
At Hell's Gate by Claude Anshin Thomas
The Farm on the River of Emeralds by Moritz Thomsen
Living Poor by Moritz Thomsen
Cutting Through Spiritual Materialism by Chögyam Trungpa Rinpoche
My Own Country by Abraham Verghese

引述許可

André Breton, "Free Union," translated by David Antin, from *The Poetry of Surrealism: An Anthology,* edited by Michael Benedikt (Boston: Little, Brown and Co., 1974). Reprinted with the permission of the translator.

Jack Gilbert, "Homage to Wang Wei" from *Refusing Heaven.* Copyright © 2005 by Jack Gilbert. Used by permission of Alfred A. Knopf, a division of Random House, Inc.

Allen Ginsberg, "A Strange New Cottage in Berkeley" from *Collected Poems 1947–1980.* Copyright © 1955, 1958, and renewed 1983, 1986 by Allen Ginsberg. Reprinted by permission of HarperCollins Publishers and Penguin Group (UK) Ltd.

Ikkyu, "rain drips from the roof lips," "I can't smell a thing can't see their pink," "born born everything is always born," "only one koan matters," "sick of it whatever it's called sick of the names," "I'd love to give you something," "If there's nowhere to rest at the end," "poems should come from bare ground," "books koans sitting miss the heart but not the fisherman's songs," "ten dumb years I wanted things to be different furious proud I," "suddenly nothing but grief," "and what is the heart," "and the nights inside you rocking," "I won't die. I won't go anywhere. I'll be right here," "I do regret to cease pillowing my head in your lap," "Yaso hangs up ladies baskets useless donations in the temple," and "They used sticks and yells and other tricks those fakes" from *Crow with No Mouth: Ikkyu, Fifteenth Century Zen Master,* versions by Stephen Berg. Copyright © 2000 by Stephen Berg. Reprinted with the permission of The Permissions Company, Inc., on behalf of Copper Canyon Press, www.coppercanyonpress.org.

William Kennedy, excerpts from *Ironweed.* Copyright © 1983 by William Kennedy. Used by permission of Penguin Books, a division of Penguin Group (USA) Inc., and The Wylie Agency, Inc.

Rengetsu, "My final message," from Grace Jill Schireson, *Zen Women: Beyond Tea Ladies, Iron Maidens, and Macho Masters.* Copyright © 2009 by Grace Jill Schireson. Reprinted with the permission of The Permissions Company, Inc., on behalf of Wisdom Publications, www.wisdompubs.org.

Ryonen, "In the autumn of my sixty-sixth year," from Grace Jill Schireson, *Zen Women: Beyond Tea Ladies, Iron Maidens, and Macho Masters.* Copyright © 2009 by Grace Jill Schireson. Reprinted with the permission of The Permissions Company, Inc., on behalf of Wisdom Publications, www.wisdompubs.org.

Miriam Sagan, excerpt from ["My husband in stubble, zen priest in a nicotine patch"] from *The Widow's Coat.* Copyright © 1999 by Miriam Sagan. Reprinted with the permission of The Permissions Company, Inc., on behalf of Ahsahta Press.

Shiki, "Before the Garden," translated by Janine Beichman. Copyright © 1982 by Janine Beichman. Reprinted by permission of the translator.

Clark Strand, "The wall disappears." Reprinted by permission of the author.

Wang Wei, "Lazy about Writing Poems" and "For Zu the Third," translated by Tony Barnstone, Willis Barnstone, and Xu Haixin, from *Laughing Lost in the Mountains: Poems of Wang Wei.* Copyright © 1991 by University Press of New England. Reprinted with permission.

致謝

深深感謝瑪麗亞・傅爾汀（Maria Fortin）過去二十年裡一路的支持，協助我設計馬貝兒・道奇・露罕之家的所有課程，當然也包括「真正的祕密」避靜寫作營。

很感謝約翰・狄爾（John Dear）為了和平不間斷地努力。

心靈工坊 PsyGarden

Holistic 090

療癒寫作：啟動靈性的書寫祕密

The True Secret of Writing：Connecting Life with Language

作者—娜妲莉・高柏（Natalie Goldberg）

譯者—丁凡

出版者—心靈工坊文化事業股份有限公司
發行人—王浩威　總編輯—徐嘉俊
執行編輯—趙士尊　內頁排版—李宜芝　封面設計—薛好涵
通訊地址—10684台北市大安區信義路四段53巷8號2樓
郵政劃撥—19546215　戶名—心靈工坊文化事業股份有限公司
電話—02）2702-9186　傳真—02）2702-9286
Email—service@psygarden.com.tw　網址—www.psygarden.com.tw

製版・印刷—彩峰造藝印像股份有限公司
總經銷—大和書報圖書股份有限公司
電話—02）8990-2588　傳真—02）2290-1658
通訊地址—248新北市新莊區五工五路二號
初版一刷—2014年6月　初版六刷—2024年7月
ISBN—978-986-357-005-9　定價—380元

國家圖書館出版品預行編目資料

療癒寫作：啟動靈性的書寫祕密 / 娜妲莉・高柏（Natalie Goldberg）/ 作；丁凡譯 -- 初版.
-- 臺北市：心靈工坊文化, 2014.06　面；　公分 (Holistic 090)
譯自：The True Secret of Writing：Connecting Life with Language

ISBN 978-986-357-005-9 (平裝)

1.寫作法

811.1　103009323

心靈工坊 PsyGarden 書香家族 讀友卡

感謝您購買心靈工坊的叢書，爲了加強對您的服務，請您詳填本卡，
直接投入郵筒（免貼郵票）或傳眞，我們會珍視您的意見，
並提供您最新的活動訊息，共同以書會友，追求身心靈的創意與成長。

書系編號－HO090　　書名－療癒寫作：啟動靈性的書寫祕密

姓名　　是否已加入書香家族？ □是 □現在加入

電話（公司）　（住家）　手機

E-mail　生日　年　月　日

地址 □□□

服務機構／就讀學校　職稱

您的性別—□1.女 □2.男 □3.其他

婚姻狀況—□1.未婚 □2.已婚 □3.離婚 □4.不婚 □5.同志 □6.喪偶 □7.分居

請問您如何得知這本書？

□1.書店 □2.報章雜誌 □3.廣播電視 □4.親友推介 □5.心靈工坊書訊
□6.廣告DM □7.心靈工坊網站 □8.其他網路媒體 □9.其他

您購買本書的方式？

□1.書店 □2.劃撥郵購 □3.團體訂購 □4.網路訂購 □5.其他

您對本書的意見？

封面設計	□ 1.須再改進	□ 2.尚可	□ 3.滿意	□ 4.非常滿意
版面編排	□ 1.須再改進	□ 2.尚可	□ 3.滿意	□ 4.非常滿意
內容	□ 1.須再改進	□ 2.尚可	□ 3.滿意	□ 4.非常滿意
文筆／翻譯	□ 1.須再改進	□ 2.尚可	□ 3.滿意	□ 4.非常滿意
價格	□ 1.須再改進	□ 2.尚可	□ 3.滿意	□ 4.非常滿意

您對我們有何建議？

□ 本人＿＿＿＿＿＿(請簽名) 同意提供真實姓名/E-mail/地址/電話/年齡/等資料，以作為心靈工坊聯絡/寄貨/加入會員/行銷/會員折扣/等用途，詳細內容請參閱：http://shop.psygarden.com.tw/member_register.asp。

心靈工坊 PsyGarden

台北市106信義路四段53巷8號2樓

讀者服務組 收

免 貼 郵 票

（對折線）

加入心靈工坊書香家族會員
共享知識的盛宴，成長的喜悅

請寄回這張回函卡（免貼郵票），
您就成爲心靈工坊的書香家族會員，您將可以——

⊙隨時收到新書出版和活動訊息

⊙獲得各項回饋和優惠方案